O LAGO

Yasunari Kawabata

O LAGO

tradução do japonês e notas
Meiko Shimon

4ª edição

Estação Liberdade

Título original: *Mizuumi*
© Herdeiros de Yasunari Kawabata, 1954
© Editora Estação Liberdade, 2010, para esta tradução

Preparação e revisão	Antonio Carlos Soares e Leandro Rodrigues
Composição	B. D. Miranda
Ideograma à p. 7	Hideo Hatanaka (título da obra em japonês)
Imagem de capa	Obra de Midori Hatanaka para esta edição. Acrílico sobre folha de ouro
Editores	Angel Bojadsen e Edilberto F. Verza

CIP-BRASIL. CATALOGAÇÃO NA PUBLICAÇÃO
SINDICATO NACIONAL DOS EDITORES DE LIVROS, RJ

K32L

Kawabata, Yasunari, 1899-1972
  O lago / Yasunari Kawabata ; tradução Meiko Shimon. - São Paulo : Estação Liberdade, 2017.
  164 p. ; 21 cm.

Tradução de: Mizuumi
ISBN 978-85-7448-182-1

1. Romance japonês. I. Shimon, Meiko. II. Título.

17-43137   CDD: 895.63
                                             CDU: 821.521-3
06/07/2017   11/07/2017

Todos os direitos reservados à Editora Estação Liberdade. Nenhuma parte da obra pode ser reproduzida, adaptada, multiplicada ou divulgada de nenhuma forma (em particular por meios de reprografia ou processos digitais) sem autorização expressa da editora, e em virtude da legislação em vigor.
Esta publicação segue as normas do Acordo Ortográfico da Língua Portuguesa, Decreto nº 6.583, de 29 de setembro de 2008.

EDITORA ESTAÇÃO LIBERDADE LTDA.
Rua Dona Elisa, 116 — Barra Funda — 01155-030
São Paulo – SP — Tel.: (11) 3660 3180
www.estacaoliberdade.com.br

1

Ginpei Momoi chegou em Karuizawa no início do outono, ou melhor, no final do verão. Antes de qualquer coisa, comprou calças de flanela, pelas quais trocou as velhas calças que usava, e vestiu uma camisa de colarinho nova e um suéter; por ser uma noite de neblina gélida, adquiriu ainda uma capa de chuva azul-marinho. Karuizawa era um lugar ideal para se conseguir roupas de modo improvisado. Encontrou também sapatos que se ajustavam a seus pés, e abandonou na loja de calçados os sapatos velhos que estava usando. As roupas antigas, no entanto, enrolou num *furoshiki,* ficando indeciso, sem saber o que fazer com elas. Poderia atirá-las para dentro de uma casa vazia de veraneio; só seriam descobertas no próximo verão. Entrou numa viela e pôs a mão na janela de uma casa de veraneio vazia, pois as portas externas corrediças de madeira estavam pregadas. A ideia de arrombar a janela causava um terrível medo em Ginpei. Achou que seria um crime.

Além disso, ele não sabia se estava sendo perseguido como um criminoso. Seu crime podia não ter sido denunciado pela vítima. Jogou o *furoshiki* na lixeira que havia junto à porta da cozinha. Sentiu-se livre. Por desleixo dos usuários ou por negligência do administrador da casa de veraneio, a lixeira estava cheia, e ele ouviu o barulho de papéis úmidos quando empurrou ali o embrulho com as roupas velhas. A tampa ficou um pouco levantada por causa do embrulho. Ginpei não se importou com isso.

Depois de caminhar uns trinta passos, virou-se. Pensou ter visto mariposas prateadas esvoaçarem, vindas em bando de perto da lixeira, e se elevarem para dentro da neblina. Ginpei parou, pensando em retornar ao local, mas a visão prateada iluminou as copas de lariços sobre sua cabeça com uma luz vaga e azulada, e desapareceu. Os lariços estavam enfileirados nas laterais do caminho, no fim do qual havia um pórtico arqueado e decorado com luzes. Era a entrada de uma casa de banho turco.

Ao entrar no jardim, Ginpei levou a mão à cabeça. O corte de cabelo parecia bom. Ele costumava causar espanto e admiração nas pessoas por sua habilidade peculiar de cortar o próprio cabelo com uma gilete.

Uma atendente — chamada popularmente de "miss turca" — conduziu Ginpei ao quarto de banho. Depois de fechar a porta, ela despiu seu guarda-pó branco. Do ventre para cima, usava apenas um corpete, que cobria os seios.

Instintivamente, Ginpei recuou quando ela começou a desabotoar-lhe a capa de chuva; mas logo deixou-se ficar nas mãos dela, que se ajoelhou a seus pés e tirou-lhe as meias.

Ginpei tomou um perfumado banho de imersão. A água quente da banheira parecia verde devido à cor dos azulejos. O perfume não era muito agradável, mas para Ginpei, que vinha se escondendo na região de Shinano, passando de uma pensão barata para outra, parecia um aroma de flores. Depois que ele saiu do banho perfumado, a jovem lavou-lhe todo o corpo. Acocorando-se aos pés dele, lavou-lhe entre os dedos com suas mãos joviais. Ginpei ficou olhando do alto a cabeça da moça. O cabelo dela era cortado um pouco abaixo da base do pescoço e caía naturalmente, num estilo clássico de cabelo lavado.

— Permite que lave sua cabeça?
— Como? Quer lavar também minha cabeça?
— Por favor... Deixe-me lavá-la.

Pensando bem, fazia bastante tempo que Ginpei não lavava a cabeça, só aparava o cabelo com gilete, por isso se assustou ao pensar que devia estar cheirando mal. Mas esticou a cabeça para a frente, apoiando os cotovelos nos joelhos, e, enquanto sua cabeça era massageada com a espuma do sabonete, foi perdendo a timidez.

— Você tem uma bela voz, sabe? — disse para a garota.
— Minha voz...?
— Sim. Permanece em meu ouvido mesmo depois que você para de falar. Sinto pena quando ela se apaga. Parece algo suave e enternecedor, que vem ao fundo dos ouvidos e se infiltra no cerne de minha cabeça. Se um vilão ouvir sua voz, por pior que ele seja, se tornará uma criatura dócil e boa...
— O senhor acha? Creio que é uma voz de menina dengosa.

— Não é não! É uma voz doce, mas difícil de se definir... Ela encerra certa melancolia, encerra amabilidade e, ao mesmo tempo, é clara e límpida. Diferente também da voz das cantoras. Você está amando?

— Não. Seria bom se estivesse...

— Ei!... Enquanto fala, não esfregue tanto minha cabeça... Fica difícil ouvir sua voz.

A atendente do banho parou o movimento dos dedos e, um pouco embaraçada, disse:

— O senhor me deixa encabulada. Não consigo mais falar.

— Agora sei que existem pessoas com a voz de um ente celestial. Mesmo depois de ouvir apenas duas ou três palavras suas ao telefone, ficaria saboreando o eco de sua voz.

Ginpei estava comovido a ponto de as lágrimas umedecerem seus olhos. A voz dessa atendente lhe proporcionava uma felicidade purificada e um tépido refúgio. Seria aquela a voz da mulher eterna ou da compassiva mãe?

— De onde você é?

A garota não respondeu.

— É do paraíso?

— Oh, não. Sou de Niigata.

— Cidade de Niigata?

— Não. Um pequeno povoado da província.

A voz da atendente se tornou insegura e tremia um pouco.

— É um país das neves, por isso você tem uma pele delicada e bonita, não é?

— Não chega a ser bonita, não.

— Além de você ter uma pele bonita, tem também uma voz muito bela. Eu nunca ouvi uma voz assim.

Depois de lavar a cabeça de Ginpei, a atendente lhe derramou, várias vezes, água quente de uma baciazinha de madeira; envolveu-a com uma grande toalha e a esfregou para que secasse. Passou rapidamente o pente.

Em seguida, Ginpei pôs outra grande toalha ao redor da cintura e a moça o encaminhou para a sauna a vapor. Melhor dizendo, empurrou-o com delicadeza pela porta que se abria à frente para dentro de uma caixa de madeira retangular. Na tábua superior da caixa havia um buraco por onde passava o pescoço. Assim que a cabeça de Ginpei foi posicionada no centro, a garota abaixou a tampa e fechou-se o espaço ao redor do pescoço.

— É uma guilhotina — disse Ginpei, sem querer, e olhou à sua volta, arregalando os olhos assustados e volvendo para a direita e para a esquerda o pescoço preso no buraco.

— Alguns clientes dizem isso — comentou ela, mas não notou o terror de Ginpei. Ele olhou para a porta da entrada e reteve o olhar na janela. — Posso fechar a janela? — perguntou a moça, dirigindo-se para lá.

— Ah, não precisa.

A janela era deixada aberta talvez por causa do calor desprendido pela sauna; as luzes da sala de banho iluminavam as folhas verdes do olmeiro do jardim. O olmeiro era gigantesco, e as luzes não alcançavam o interior da copa formada por espessas camadas. Ginpei pensou ouvir um som de piano quase imperceptível vindo de dentro da escuridão dessas folhas. Não formava uma melodia. Não havia dúvida de que era uma alucinação auditiva.

— Há um jardim ali fora?
— Sim.

Contra a janela que emoldurava as verdes folhas iluminadas pela luz noturna, aquela garota do banho seminua, de pele alva, oferecia a Ginpei a visão de um mundo inacreditável. Ela estava em pé, descalça, sobre as lajotas cor-de-rosa pálido. Suas pernas tinham uma forma própria à uma jovem, mas havia certo sombreamento nas reentrâncias atrás dos joelhos.

Ginpei pensou que, caso fosse deixado sozinho naquela sala de banho, não conseguiria permanecer imóvel e quieto, pois ficaria com a sensação de ser estrangulado pelo buraco da tábua. Estava sentado em algo parecido com uma cadeira, e sentia um calor ardente subindo pelos quadris. Encostou-se atrás em um objeto semelhante a uma tábua quente. Os três lados da caixa eram quentes; deviam desprender os vapores.

— Quantos minutos terei de ficar?
— Depende do cliente... uns dez minutos... Os clientes mais acostumados ficam por uns quinze minutos.

Um pequeno relógio estava sobre a estante onde ficaram as roupas despidas. Os ponteiros indicavam que haviam se passado apenas quatro ou cinco minutos. A garota molhou uma toalhinha na água, torceu-a e a pôs sobre a fronte de Ginpei.

— Ahã! O sangue sobe à cabeça, não é?

Sentiu-se mais relaxado, até pensou que sua expressão séria estaria cômica, com apenas a cabeça fora da caixa de madeira. Tateou o peito e o ventre aquecidos. Estavam molhados e pegajosos. Não podia saber se era devido ao suor ou ao vapor. Fechou os olhos.

A atendente parecia não ter com que se ocupar enquanto o cliente estava na sauna; ouvia-se um barulho, parecia que ela tirava a água quente do banho perfumado e a despejava para lavar o piso do recinto. Para Ginpei, aquele som lembrava o das ondas que batiam nas rochas. Sobre uma rocha, duas gaivotas com asas ameaçadoras trocavam bicadas. Ressurgiu em sua mente o cenário do mar de sua terra natal.

— Quantos minutos se passaram?

— Uns sete.

A atendente torceu de novo a toalhinha na água e a colocou na fronte de Ginpei. Sentindo o contato frio e agradável, ele esticou o pescoço para a frente e gemeu:

— Ai! — voltou à realidade.

— O que foi?

Pensando que Ginpei sentira tontura devido ao calor, a atendente apanhou a toalhinha, que caíra, e a recolocou na testa dele, mantendo-a pressionada com a mão.

— Quer sair?

— Não, não foi nada.

Ficara tolhido pela fantasia de perseguir essa garota de bela voz, andando atrás dela para onde ela fosse. Poderia ser uma rua movimentada de Tóquio, por onde passassem bondes. Por um momento, o cenário da calçada dessa rua ladeada de pés de ginkgo ficou em sua mente. Estava empapado de suor. Ao retomar a consciência de que estava preso pelo pescoço no buraco da tábua, impedido de se mexer, Ginpei distorceu o rosto.

A atendente se afastou. Parecia um pouco inquieta devido ao comportamento de Ginpei.

— Que idade acha que tenho, vendo-me assim só com a cabeça de fora? — perguntou Ginpei, mas a garota parecia não saber como responder.

— É difícil saber a idade dos senhores.

Ela não conseguia nem olhar direito para o rosto de Ginpei. Este, por sua vez, não encontrou o momento oportuno para dizer que tinha 34 anos. Achou que a garota teria menos de vinte. Analisando seus ombros, seu ventre ou suas pernas, não havia dúvida de que era virgem. Usava apenas uma pincelada de *blush*, mas suas faces estavam tingidas de rubor inocente.

— Vou sair.

A voz de Ginpei soou tristonha. A garota levantou a tampa da frente e, segurando as pontas da toalha que envolvia o pescoço, conduziu a cabeça dele para fora como se fosse algo precioso. Depois, enxugou o suor de todo o corpo. Ginpei estava com uma grande toalha em torno dos quadris. A garota estendeu um pano branco num divã encostado à parede e fez Ginpei se deitar de bruços. Começou a lhe massagear os ombros.

Até aquele momento, Ginpei não sabia que a massagem não se limitava em comprimir a pele com as mãos, que deslizavam ao longo do corpo e, ao mesmo tempo, amassavam os músculos; a moça também dava tapas com as mãos abertas. As palmas da atendente eram de uma garota, mas batiam continuamente nas costas com uma força inesperada. Ginpei ficou ofegante. Lembrou-se de uma criança, sua criança, batendo em sua testa com as palmas rechonchudas com toda a força de que era capaz, e que, quando Ginpei voltou a face para baixo, continuou batendo em sua cabeça. Essa era uma visão que tivera havia quanto tempo? Entretanto, nesse momento, as mãos daquela criança, no fundo de sua cova, batiam loucamente nas paredes de terra que lhe comprimiam. As paredes escuras da prisão vinham pressionar Ginpei. Sentiu que suava frio.

— Vai passar algum pó? — perguntou Ginpei.
— Sim. Acha desconfortável?
— Tudo bem — respondeu às pressas. — É que estou suando de novo... Se alguém se sentir mal ouvindo sua voz é porque deve estar prestes a cometer um crime.

A garota susteve as mãos por um instante.

— No meu caso, quando ouço sua voz, tudo o mais desaparece. Sei que é um modo um tanto perigoso de dizer, que tudo o mais desaparece, mas a voz é algo que não é possível captar nem perseguir, não é? É algo como o tempo ou a vida, que flui incessantemente. Não, talvez não seja isso. Você pode emitir sua bela voz sempre que quiser. Mas quando emudece, como agora, ninguém pode, de maneira alguma, obrigá-la a falar. Você pode ser forçada a emitir uma voz de surpresa, de raiva, ou mesmo de choro, mas é livre para decidir se quer ou não quer usar sua voz natural.

Aproveitando tal livre arbítrio, a atendente conservou-se calada e massageou as nádegas e a parte posterior das coxas de Ginpei. Massageou até o arco das plantas dos pés e também os dedos.

— Vire-se para cima, por favor... — disse ela numa voz quase sumida, mal podendo ser ouvida.
— O que disse?

— Vire-se agora para cima, por favor...
— Para cima...? Deitar de costas?

Segurando a toalha enrolada na cintura, ele se virou para cima. O sussurro quase inaudível e um pouco trêmulo da atendente era como se uma fragrância de flores preenchesse os ouvidos de Ginpei, e acompanhasse os movimentos do corpo dela. Nunca experimentara antes uma embriaguez provocada por uma fragrância de flores que penetrasse pelos ouvidos.

Em pé e bem colada no estreito divã, a garota do banho massageava os braços de Ginpei. O busto da moça estava praticamente sobre o rosto dele. Embora o corpete que cobria apenas os seios não estivesse tão apertado, sua carne estava um pouco espremida ao longo das bordas do tecido branco. No entanto, do tórax para os seios ainda não havia uma elevação suficientemente madura. Sua face era oval, em formato um tanto clássico, e, embora a testa não fosse grande em sentido horizontal, parecia alta, talvez porque ela puxava os cabelos para trás sem deixar que se avolumassem; isso acentuava o brilho dos olhos amendoados. As linhas do pescoço para os ombros ainda não estavam avolumadas, e as regiões onde os braços encontravam os ombros mostravam um arredondamento jovial. Por causa da demasiada proximidade do brilho da pele da garota, Ginpei fechou os olhos. No interior de suas pálpebras, viu uma caixa de ferramentas, como aquela usada por carpinteiros, cheia de inúmeros pregos miúdos. Os pregos brilhavam, afiados em sua luz. Ginpei abriu os olhos e olhou o teto. Estava pintado de branco.

— Meu corpo não parece mais velho do que realmente é? Tive uma vida muito dura — murmurou Ginpei, que ainda não revelara sua idade. — Tenho 34 anos.

— Ah, sim? Parece bastante jovem — disse a garota, contendo a expressão de sua voz. Contornou a cabeça dele e começou a friccionar o braço que estava perto da parede. Um lado do divã ficava encostado ali.

— Os dedos dos pés, então, são compridos como os de um macaco e parecem murchos, não é? Costumo andar muito, mas... Quando olho para os dedos de meus pés horrorosos, sempre me dá um calafrio. Até isso você teve a gentileza de massagear com suas bonitas mãos. Não se assustou quando tirou minhas meias?

A garota do banho não respondeu.

— Eu também nasci na região litorânea do mar do Japão. Mas a praia era coberta de rochas ásperas e escuras. Andava descalço, segurando as rochas com os dedos compridos dos pés.

Metade do que Ginpei contava era mentira. Em sua juventude, quantas histórias de todos os tipos ele inventara por causa desses pés disformes? No entanto, era verdade que até o couro dos dorsos dos pés eram grossos e escuros; os arcos das plantas, enrugados; e os longos dedos, nodosos. E era verdade que nesses nós os dedos se dobravam de forma estranha.

Agora que recebia massagem deitado de costas, ele não conseguia olhar para os pés; então, levantou as mãos sobre o rosto e analisou-as. Os dedos da garota o pressionavam para afrouxar os músculos da parte superior do peito, desde um pouco acima dos mamilos até os braços.

As mãos de Ginpei não apresentavam aspecto estranho como o dos pés.

— Que lugar da costa do mar do Japão? — perguntou ela com sua voz natural.

— A região de... — hesitou um pouco. — Não gosto de falar da minha terra de origem. Ao contrário de você, eu perdi minha terra natal...

Ela não estava interessada em saber da terra natal de Ginpei, nem parecia estar ouvindo com atenção. Como era a iluminação dessa sala de banho? Não havia sombra no corpo da atendente. Enquanto suas mãos deslizavam no peito dele, ela se inclinava, aproximando seu busto de Ginpei. Ele fechou os olhos. Não sabia o que fazer com as mãos. Temia tocar no flanco da garota caso pusesse os braços estendidos ao longo do corpo. Pensou que se a tocasse, nem que fosse com a pontinha do dedo, ganharia um tapa no rosto. Então sentiu, de fato, um choque, como se tivesse recebido um tapa. Assustado, tentou abrir os olhos, mas as pálpebras se recusaram a se mexer. Tinham sido atingidas por uma forte pancada. Pensou que fossem sair lágrimas, mas, em vez disso, sentiu uma dor pungente, como se tivessem lhe espetado uma agulha quente nos olhos.

O que atingira o rosto de Ginpei não foi a palma da garota do banho, mas uma bolsa de couro azul. Não que na hora tivesse compreendido que uma bolsa o atingira, mas logo depois ele notara uma bolsa caída junto a seus pés. No entanto, não ficou claro para Ginpei se o agrediram de perto com a bolsa ou se a atiraram nele. O certo é que recebeu uma forte pancada no rosto. Mas Ginpei voltara a si naquele mesmo instante...

— Ai! — gritou. — Ei! Espere!

Numa reação imediata, ele ia dizer à mulher que ela deixara cair a bolsa. Mas o vulto já tinha dobrado a esquina da farmácia e desaparecido. Só restou a bolsa azul no meio da rua. Permanecia ali, como uma prova inquestionável do crime de Ginpei. Entre as fivelas abertas, projetavam-se maços de cédulas de mil ienes. Antes dos maços de dinheiro, porém, o que chamou a atenção de Ginpei foi a própria bolsa, a prova de seu crime. Seria possível dizer que o ato de Ginpei acabou se tornando um crime porque a mulher fugira abandonando a bolsa. Movido pelo medo dessa evidência, apanhou a bolsa automaticamente. Só depois de tê-la na mão é que se surpreendeu com os maços de mil ienes.

Mais tarde, ele chegou a duvidar se aquela farmacia não teria sido uma alucinação. No mínimo era estranho haver uma pequena farmácia antiquada no meio de um bairro residencial, onde não havia nenhuma casa de comércio. Entretanto, ele vira o anúncio de um remédio para lombriga colocado em pé ao lado da porta envidraçada. Também era estranho haver duas quitandas quase iguais, frente a frente, na esquina da avenida onde passavam bondes, na entrada daquele bairro residencial. Ambas as lojas expunham cerejas ou morangos em pequenas caixas de madeira. Durante a perseguição, Ginpei só enxergava a mulher à sua frente, mas por alguma razão aquelas duas quitandas lhe atraíram a atenção. Teria pensado em memorizar a esquina da rua que dava acesso à casa da mulher? Com certeza as quitandas existiam, já que estava gravada na memória a imagem dos morangos dispostos ordenadamente nas caixinhas. No entanto, talvez houvesse apenas uma, num lado da esquina da avenida onde passavam bondes, e ele se confundira quanto a existirem em ambos os lados. Numa hora como aquela, não seria de todo improvável que visse algo em duplicata. Depois, Ginpei teve de travar uma luta contra a vontade de voltar ao lugar para se certificar de que havia mesmo a farmácia e aquelas quitandas. Na realidade, nem ao menos sabia em que bairro se encontrava. Apenas conseguia supor, de forma vaga, imaginando a geografia de Tóquio. Para Ginpei, a direção para a qual a mulher seguia era o seu caminho.

— Pensando bem, talvez ela não tivesse a intenção de abandoná-la — murmurou Ginpei, sem que desse conta, enquanto as mãos da garota do banho deslizavam sobre seu ventre. Assustado, abriu os olhos. Mas, antes que ela notasse, voltou a fechá-los. Seu olhar devia lembrar o de alguma monstruosa ave do inferno. Ele se referira à bolsa da mulher, mas, por sorte, não deixou escapar o nome do objeto abandonado nem da pessoa que o abandonara. O ventre de Ginpei endureceu, e depois se ondulou em movimento espasmódico.

— Estou sentindo cócegas — disse Ginpei, e a garota do banho diminuiu a pressão das mãos. Desta vez, sentiu cócegas de verdade. Ginpei conseguiu dar risadas sem dificuldade.

Até aquele momento, havia entendido que aquela mulher — quer batendo em Ginpei com a bolsa, quer atirando-a nele — acreditava que ele a seguia com a intenção de roubar dinheiro e, quando seu medo atingiu o ponto máximo, fugira deixando a bolsa abandonada. No entanto, era possível que a mulher não tivesse a intenção de atirar a bolsa, mas quisesse se livrar de Ginpei sacudindo com força o que tinha na mão; com o impulso do movimento, talvez a bolsa tivesse se soltado. Qualquer que fosse a resposta, os dois deviam estar muito perto um do outro, já que a bolsa bateu no rosto de Ginpei com um movimento pendular horizontal. Quando chegaram ao solitário bairro residencial, mesmo sem ter consciência do que fazia, teria ele diminuído a distância que o separava do alvo da perseguição? Sentindo a aproximação de Ginpei, a mulher teria jogado a bolsa nele e fugido em seguida?

O alvo de Ginpei não era o dinheiro. Ele não podia suspeitar, e nem imaginava, que houvesse uma grande quantia de dinheiro na bolsa da mulher. Apanhou a bolsa do chão com a intenção de eliminar o evidente testemunho de seu crime, e descobriu duzentos mil ienes em seu interior. Dois maços de cem mil ienes em cédulas inteiramente novas; havia também uma caderneta do banco, indicando que a mulher voltava de lá. Sem dúvida, ela deve ter pensado que fora seguida desde o banco. Além daqueles maços, a bolsa só continha pouco mais de mil e seiscentos ienes. Olhando a caderneta, viu que esses duzentos mil tinham sido retirados do banco e que restaram 27 mil e alguns trocados. Ou seja, a mulher tirara quase todo o dinheiro de suas economias.

Descobriu também pela caderneta o nome da mulher, Miyako Mizuki. Se a intenção dele não era roubar dinheiro, e apenas fora impelido pela estranha força de sedução daquela mulher, deveria devolver-lhe o dinheiro e a caderneta.

Mas Ginpei não pôde devolver o dinheiro. Da mesma maneira como ele viera seguindo a mulher, esse dinheiro, que parecia um ser vivo — com alma ou não — seguia os passos dele. Era a primeira vez que roubara dinheiro. Ou seria mais correto dizer que, embora o deixasse assustado, o dinheiro parecia recusar-se a se afastar de Ginpei.

Quando apanhou a bolsa, não estava em condição de raciocinar, muito menos de roubar dinheiro. Depois que a apanhou, Ginpei compreendeu que aquela bolsa era uma prova de seu crime e, apertando-a sob a manga do seu paletó, apressou os passos e foi quase correndo até uma avenida onde passavam bondes. Infelizmente, não era época de se usar casacão. Comprou um *furoshiki* numa loja e saiu depressa para a rua. Com ele, enrolou a bolsa.

Ginpei vivia sozinho, alugava o segundo andar de uma casa. Ao chegar ao seu quarto, queimou no fogareiro a caderneta do banco, o lenço e outros pertences de Miyako Mizuki. Como não anotou o endereço dela que estava na caderneta, não sabia mais onde a mulher residia. Já não se preocupava em devolver o dinheiro. Tanto a caderneta e o lenço quanto o pente exalavam cheiro enquanto queimavam, por isso decidiu picar em pedaços com a tesoura o couro da bolsa, pois produziria um odor muito forte se fosse jogado ao fogo de uma só vez. Queimou um pedaço de cada vez no fogareiro, e nisso gastou muitos dias. A fivela da bolsa e outras peças metálicas como o batom, além do pó compacto, que não podiam ser queimados, ele jogou numa vala durante a noite. Mesmo que fossem descobertos mais tarde, eram objetos corriqueiros. Quando abriu o estojo de batom e viu que restava pouco conteúdo, revelando que fora muito usado, Ginpei sentiu um tremor percorrer seu corpo.

Escutou atentamente o rádio e leu também os jornais com cuidado, mas não foi dada nenhuma notícia a respeito do roubo de uma bolsa feminina que continha duzentos mil ienes e uma caderneta de banco.

— Hum... então aquela mulher não registrou a ocorrência na polícia. Quer dizer que ela tem algum motivo que a impede.

Ao murmurar isso para si, sentiu, de repente, uma estranha chama iluminar a obscuridade do fundo de sua alma. Ginpei seguira aquela mulher porque havia nela algo suscetível a esse ato. Em outras palavras, ambos eram habitantes do mesmo mundo diabólico. Ginpei o compreendia por experiência própria. Sentiu-se enlevado ao imaginar que Miyako Mizuki era de espécie igual à dele. Arrependeu-se por não haver anotado seu endereço.

Sem dúvida, ela estava assustada enquanto era seguida por Ginpei, mas era possível que sentisse um prazer quase dolorido, mesmo que não tivesse consciência disso no momento. Haverá no mundo humano um deleite que se sinta apenas por causar algo, sem que haja um afetado? Muitas belas mulheres andavam pelas ruas da cidade, mas a razão pela qual Ginpei escolhera Miyako em especial seria algo semelhante a quando um viciado em drogas descobre outro do mesmo vício.

O caso de Hisako Tamaki, a primeira mulher que Ginpei seguira, fora exatamente assim. Embora se diga "mulher", ela não passava de uma adolescente. Devia ser mais nova que a atendente de banho da bela voz.

Era estudante do curso colegial, aluna de Ginpei. Quando o caso com Hisako se tornou público, ele acabou sendo demitido de seu cargo de professor.

Ginpei seguiu Hisako até a frente da casa dela, e parou espantado com a imponência do portão. No meio do extenso muro de pedra, havia um portão com grades de ferro decorado em sua parte superior com um arabesco. O portão estava aberto. Do outro lado do arabesco, Hisako se voltou para ele e o chamou:

— Professor! — o rosto empalidecido ganhou um belo tom avermelhado. As faces de Ginpei também ardiam.

— Ah, então aqui é sua casa? — disse ele com uma voz rouca.

— Que deseja, professor? Veio nos visitar?

Se veio fazer uma visita à casa de sua pupila, não haveria por que ter seguido a menina sem dizer nada. Mas fingiu admirar o portão e seu interior.

— Vim. Que bom que uma casa como esta não foi destruída no incêndio após o bombardeio aéreo. Até parece um milagre.

— A nossa casa foi destruída pelo fogo. Esta aqui foi comprada depois da guerra.

— Depois da guerra...? Qual a ocupação de seu pai, senhorita Tamaki?

— Professor, o senhor deseja alguma coisa? — Através do arabesco de ferro, Hisako fitou Ginpei com um olhar irado.

— Ah, sim. Micose nos pés... Eh, bem... seu pai conhece um remédio muito eficaz para micose, não é verdade? — Enquanto falava, Ginpei ficou com uma expressão de quem estava prestes a chorar de humilhação, pois era absurdo mencionar micose nos pés diante de tão magnífico portão. Contudo, Hisako manteve seu semblante sério e inteligente, e devolveu a pergunta:

— Micose nos pés?

— É. Um remedinho para micose. Eu ouvi uma vez, senhorita Tamaki, lembra? A senhorita falou para uma amiga de um remédio eficaz para isso.

O olhar de Hisako parecia buscar a lembrança.

— Estou tão mal que quase não consigo caminhar. Poderia fazer o favor de perguntar a seu pai o nome do remédio? Eu aguardo aqui.

Assim que a viu desaparecer no vestíbulo da mansão de estilo ocidental, Ginpei tratou de fugir correndo. Sentiu que seus pés disformes corriam atrás dele, perseguindo-o.

Acreditava que Hisako não revelaria em casa o fato de ter sido seguida, nem registraria queixa no colégio; mas, naquela noite, ele teve uma terrível dor de cabeça. As pálpebras tremiam em movimentos convulsivos, e não conseguiu conciliar o sono. Nos momentos em que finalmente adormecia, o sono leve era interrompido várias vezes. Sempre que acordava, passava a mão na testa, que um suor denso deixava pegajosa. Quando o veneno acumulado na nuca se arrastava para o topo e, contornando-o, atingia a testa, recomeçava a dor de cabeça.

Sentiu a dor pela primeira vez enquanto vagueava pelas ruas do bairro de diversão da proximidade, depois que fugira da frente do portão da casa de Hisako. Não podendo mais se manter em pé, Ginpei se agachou, com as mãos apertando a testa, no meio da rua movimentada de pedestres. Ao mesmo tempo, sentia vertigem. Drim--drim-drim, tririm-tririm: parecia uma campainha estridente ecoando pela cidade, anunciando o vencedor de uma grande loteria; era como se sinetas de um carro de bombeiro se aproximassem em alta velocidade.

— O que há com o senhor? — Uma mulher cutucou de leve com o joelho o ombro de Ginpei. Ele levantou a cabeça em direção à moça e achou que ela parecia ser uma mulher da rua, daquelas que surgiram depois da guerra nesses bairros de diversão.

Apesar de tudo, não se sabe quando e como, Ginpei saíra do meio da rua para não causar transtorno aos transeuntes, e estava encostado na vitrine de uma loja de flores. Apertava a testa no vidro.

— Estava me seguindo, não é? — perguntou Ginpei.

— Acho que não foi exatamente isso, eu seguindo o senhor.

— Então era eu que a seguia?

— Pois é.

A resposta da mulher era vaga, podia ser tanto afirmativa quanto negativa. Se fosse afirmativa, ela deveria acrescentar alguma coisa. Mas, enquanto ela tomava fôlego, Ginpei prosseguiu impaciente:

— Se eu não a seguia, então era a senhora que me seguia.

— Tanto faz...

A figura da mulher se refletia no vidro. Parecia estar no meio das flores da vitrine.

— O que está fazendo? Levante-se logo. As pessoas passam olhando para nós. Está se sentindo mal?

— Sim. Micose nos pés.

Mais uma vez, a palavra micose escapou da boca de Ginpei, surpreendendo a ele mesmo; assim mesmo tornou a dizer:

— Tenho tanta dor por causa dessa micose que não consigo andar.

— Que pessoa horrível é o senhor! Há uma casa boa por perto, lá poderemos descansar. O senhor pode tirar os sapatos e também as meias.

— Não quero que ninguém me veja.

— Ninguém vai ver nada. Os pés, então...

— É contagioso.

— Não vai contagiar nada — disse ela, enfiando o braço por baixo da axila dele. — Vamos! Vamos logo! — e puxou Ginpei, tentando levantá-lo.

Pressionando a testa com os dedos da mão esquerda, ele olhava o rosto da mulher refletido em meio às flores, quando surgiu do outro lado um novo rosto de mulher entre as flores. Seria a dona da loja? Como se tentasse agarrar as dálias brancas do outro lado, Ginpei se amparou com a mão direita no vidro da grande vitrine e se levantou. A dona da loja o fitou com raiva, franzindo o cenho de sobrancelhas apagadas. Com medo de que seu braço atravessasse o imenso vidro que poderia se quebrar e fazê-lo sangrar, pendeu o peso de seu corpo sobre a mulher. Ela aguentou firme.

— Não fuja! — disse ela, beliscando com força a região do mamilo de Ginpei.

— Ai!

No mesmo instante, sentiu-se aliviado. Desde que fugira da frente da casa de Hisako, não fazia ideia de como conseguira chegar até aquela zona de diversões; mas, no momento em que sentiu o beliscão da mulher, sua cabeça ficou leve. Era semelhante à sensação de frescor que experimentava junto à margem do lago, proporcionada pela brisa que soprava da montanha. Devia ser a brisa refrescante do período em que as folhas novas cobrem as árvores. No entanto, surgiu na mente de Ginpei a imagem do lago com a superfície congelada, devido, talvez, ao susto causado pelo receio de quebrar com o braço aquele vidro imenso como o lago. Era o lago da aldeia de sua mãe. Em suas margens havia também cidades, mas a terra de sua mãe era apenas uma aldeia.

A bruma cobria o lago, e tudo além da margem congelada, escondida atrás da bruma, parecia distante e infinito.

Ginpei costumava convidar, ou, melhor dizendo, atrair Yayoi, sua prima do lado materno, para andarem juntos sobre o lago gelado. O garoto Ginpei nutria profundo rancor por ela e lhe rogava pragas. Ele imaginava que, se o gelo sob os pés de Yayoi se rompesse, ela cairia dentro da água. A prima tinha dois anos a mais que Ginpei, mas em matéria de esperteza ele estava muito mais adiantado. Quando ele tinha dez anos, seu pai morreu de forma misteriosa, e sua mãe, muito abalada, quis retornar à casa dos pais. Devido a essas circunstâncias, Ginpei precisou de muito mais esperteza que Yayoi, que crescera como se fosse embalada no calor do sol primaveril. Essa prima do lado materno foi seu primeiro amor, e nesse sentimento ele talvez escondesse o desejo de não querer perder a mãe.

A felicidade do pequeno Ginpei era passear com Yayoi pelo caminho que margeava o lago, olhando suas sombras refletidas lado a lado na água. Caminhava olhando aquela superfície, e lhe parecia que as duas silhuetas refletidas na água continuariam deslizando sempre juntas, sem se distanciar, até a eternidade.

Contudo, a felicidade durou pouco. Aos treze ou quatorze anos, a menina dois anos mais velha praticamente abandonou Ginpei como um companheiro do sexo oposto. E, desde a morte do pai de Ginpei, as pessoas da aldeia natal de sua mãe repudiavam sua casa. Até Yayoi passou a tratá-lo com frieza, demonstrando abertamente desprezo por ele. Foi nessa época que Ginpei passou a desejar que o gelo se rompesse e Yayoi afundasse na água gelada do lago. Mais tarde, Yayoi casou com um oficial da marinha, e Ginpei soube depois que ela ficou viúva.

Mesmo agora, Ginpei era capaz de recordar o gelo do lago por causa da vidraça da loja de flores.

— Como se atreveu a me beliscar! — disse Ginpei à mulher da rua, passando a mão no peito. — Com certeza fiquei com um hematoma.

— Vá para casa e peça para sua esposa dar uma olhada.

— Não tenho esposa.

— O que disse?

— É verdade. Sou solteiro. Sou professor de um colégio — contou, sem nenhum constrangimento.

— Eu também sou solteira, mas sou estudante — disse a mulher.

Acreditando ser mentira da mulher, nem voltou a examinar seu rosto; mas, ao ouvi-la dizer que era estudante, a dor de cabeça recomeçou.

— Ainda dói a micose? Foi por isso que eu disse que procurasse não caminhar muito... — observou a mulher, olhando os pés de Ginpei.

Preocupado com o que pensaria Hisako Tamaki, que podia tê-lo seguido — do mesmo modo que ele a seguira até o portão de sua casa — e tê-lo visto andando com uma mulher como aquela, Ginpei voltou a cabeça para olhar a multidão às suas costas. Não sabia se ela, que entrara para o vestíbulo, teria retornado até o portão da casa, mas àquela altura ele tinha a convicção de que o coração de Hisako o seguia.

No dia seguinte, Ginpei foi dar uma aula de japonês na classe de Hisako. Ela o aguardava no lado de fora da porta da sala de aula.

— Professor, seu remédio — disse, e rapidamente o colocou no bolso do terno dele.

Como não preparara nada para aquela aula devido à dor de cabeça da véspera, e também por não ter dormido o suficiente, Ginpei decidiu dar uma aula de redação. O tema seria livre. Um estudante levantou a mão e perguntou:

— Professor, posso escrever sobre uma doença?

— Sim. Pode ser sobre qualquer coisa.

— É um pouco feio... mas, por exemplo, sobre micose nos pés...?

A sala inteira caiu na gargalhada. Todos olhavam para quem disse aquilo, e ninguém lançou um olhar malicioso em direção a Ginpei. Provavelmente riram do estudante, e não para zombar do professor.

— Pode escrever sobre micose nos pés, sim. Como eu não tenho experiência nesse assunto, vai me servir de fonte de informação — enquanto falava, olhou para Hisako. Os estudantes riram mais uma vez; era um riso que parecia dar apoio à inocência de Ginpei. Hisako continuou inclinada sobre sua carteira, escrevendo algo, e não levantou o rosto. Estava enrubescida até as orelhas.

Quando Hisako chegou à sua mesa e entregou a redação, Ginpei notou que o título era "Impressões do professor". Deve ser sobre mim, pensou Ginpei.

— Senhorita Tamaki, espere um pouco até o término da aula — disse para Hisako. Assentindo, de modo quase imperceptível para os demais, ela ergueu o olhar e o fitou com raiva. Ginpei sentiu a raiva em seus olhos.

Hisako se afastou, foi até a janela e ficou olhando para o pátio. Quando o último estudante entregou a redação e se retirou, ela se voltou e se aproximou do estrado onde estava Ginpei. Ele se levantou, reunindo as redações num maço, em lento movimento. Não disse nada até alcançar o corredor. Hisako o seguia, um metro atrás.

— Obrigado pelo remédio — disse Ginpei, voltando a cabeça para trás. — Falou para alguém sobre minha micose nos pés?

— Não, senhor.

— Não contou mesmo para ninguém?

— Não. Só contei para Onda. Ela é minha melhor amiga...

— Ah, para a senhorita Onda...?

— É, só para ela.

— Contar para uma pessoa é o mesmo que contar para todo mundo.

— Não é bem assim. Foi uma conversa só entre nós duas. Decidimos que entre mim e ela não haverá nenhum segredo. Nós prometemos contar tudo uma para a outra.

— Ela é sua amiga íntima?

— Sim. E contei também sobre a micose nos pés de meu pai. O senhor ouviu quando eu estava contando para ela.

— Então foi assim? Mas você não tem nenhum segredo com a senhorita Onda? Não acredito nisso! Pense bem. Dizer que não tem nenhum segredo com ela é algo totalmente impossível, mesmo que você passe o dia inteiro com a senhorita Onda e lhe conte tudo que passe por sua cabeça, sem nada omitir durante essas 24 horas. Por exemplo, imagine que você sonhou enquanto dormia, mas ao acordar já não se recorda mais do que tinha sonhado. Aí não vai poder lhe contar. Pode ter sido um sonho em que vocês tiveram um desentendimento e você teve vontade de matá-la.

— Eu jamais teria um sonho desses!

— De qualquer modo, uma amizade sem nenhum segredo entre duas amigas não passa de uma fantasia mórbida, uma máscara para cobrir pontos fracos das mocinhas. Inexistência de segredo são contos de paraíso ou de inferno, não é coisa do mundo humano. Se não há nenhum segredo entre você e a senhorita Onda, isso significa que você não é um ser humano, não é um ser vivente. Ponha as mãos no peito e pense bem.

Hisako parecia confusa, parecia não entender os argumentos de Ginpei, nem a razão de ele falar de repente daquele modo.

— Quer dizer que não posso confiar na amizade? — tentou contestar timidamente.

— O que quero dizer é que não pode haver amizade sem segredos. Não só amizade, mas todos os sentimentos humanos.

— Ah, sim? — A garota parecia continuar sem entender. — Eu converso com Onda a respeito de tudo o que é importante.

— Será mesmo...? Você não conta para a senhorita Onda sobre o que é mais importante nem coisinhas insignificantes, como sobre os grãos de areia da praia, não é? Que nível de importância teria a micose de seu pai e a minha? Para você seria uma importância intermediária, hein?

De repente, como se tivesse sido empurrada no abismo, Hisako, que até então não entendia nada, percebeu a maldade nas palavras de Ginpei. Empalidecendo, ela parecia à beira de irromper em lágrimas. Ginpei continuou falando com doçura, como se tentasse acalmá-la.

— Você não conta todos os assuntos íntimos de sua casa à senhorita Onda, não é? Conta até os segredos de trabalho de seu pai? Está vendo? E, por falar nisso, parece que você escreveu a meu respeito na redação de hoje, mas sobre isso também deve haver alguns detalhes que você não vai contar à senhorita Onda, não é?

Com os olhos rasos de lágrimas, Hisako o fitou com um olhar agudo. Mas se manteve calada.

— Seu pai conseguiu grande sucesso, senhorita Tamaki, por meio de que tipo de negócio? Eu o admiro muito. Não que eu seja como a senhorita Onda, mas quero ouvir você me contar isso detalhadamente.

35

Ginpei falava em tom ameno; era clara, no entanto, sua intenção ameaçadora. O fato de o pai dela ter adquirido depois da guerra uma mansão como aquela levantava a suspeita de que houvera algum ato criminoso ou atividade ilegal ligada ao mercado negro. Advertindo-a dessa forma, Ginpei tramava usar isso como pretexto para fazê-la manter-se calada sobre o fato de ele a ter seguido.

Entretanto, logo no dia seguinte ao incidente, ela compareceu à aula de Ginpei, teve a gentileza de trazer o remédio para micose e escreveu a redação intitulada "Impressões do professor". Tudo isso fez Ginpei reconfirmar o raciocínio da noite anterior, de que não haveria razão para se preocupar. Por outro lado, ele a seguira como um sonâmbulo ou um embriagado que tivesse perdido a consciência, seduzido pelo poder atrativo que dela emanava. Ela já vinha exercendo um feitiço sobre ele. Por ter sido seguida por ele na véspera, Hisako teria tomado a consciência da própria força de sedução e poderia estar estremecendo em secreto prazer. Ginpei se sentira prisioneiro de uma garota misteriosa e fascinante.

Depois de ameaçar Hisako, Ginpei ficou satisfeito consigo mesmo pois pensava ter alcançado o objetivo. Porém, ao levantar o rosto, percebeu que Nobuko Onda os observava, parada no final do corredor.

— Sua amiga íntima a espera, preocupada. Então, até mais... — disse, e liberou Hisako. Ela não demonstrou a vivacidade própria das garotas da sua idade, de deixar Ginpei e correr para sua amiga. Afastou-se dele andando cabisbaixa, parecendo que ele é que aos poucos ia ficando para trás.

Três ou quatro dias depois, Ginpei agradeceu a Hisako.

— Aquele remédio é muito eficaz. Graças a ele, melhorei bastante.

— Que bom! — disse Hisako com alegria, corando um pouco e mostrando graciosas covinhas nas bochechas. Porém, o caso não terminou simplesmente com a "graciosa Hisako". Nobuko Onda denunciou a relação entre Hisako e Ginpei, e ele acabou sendo expulso do colégio.

Anos após aquele caso, Ginpei estava em Karuizawa sendo massageado por uma garota do banho turco. Imaginou o pai de Hisako descansando numa suntuosa espreguiçadeira na imponente mansão em estilo ocidental e descascando com os dedos a pele dos pés com micose.

— Hum. O banho turco deve ser proibitivo para quem tem micose nos pés. No banho a vapor, a comichão ficaria insuportável — disse, com um riso sarcástico. — Já esteve com alguém com micose nos pés?

— Bem...

A garota parecia não ter a intenção de responder com seriedade.

— Nunca tive micose nos pés. Isso deve aparecer em pés macios, de quem vive no luxo, não acha? Os germes grosseiros da infecção atacam pés nobres. Algo semelhante acontece também na vida humana. Em pés de macaco como os meus, esses germes, mesmo que fossem plantados, não conseguiriam sobreviver. Meu couro do pé é grosso e duro demais.

Enquanto dizia isso, lembrou-se de que os dedos brancos da garota massagearam a planta de seus pés disformes de modo insistente, como se tivessem colados nela.

— Pés repudiados até pela micose — disse Ginpei e franziu o cenho.

Por que teria começado a falar de micose à bela atendente, agora que estava se deliciando com uma agradável sensação? Que necessidade havia de tocar em tal assunto? Sem dúvida, porque mentira para Hisako naquela ocasião.

Era uma mentira que inventara na hora, quando estava em frente ao portão da casa da garota; dissera-lhe que sofria de micose nos pés e desejava saber o nome do remédio. Em decorrência disso, mentiu também três ou quatro dias depois, agradecendo pela melhora. Ginpei não sofria de micose nenhuma. Era verdade o que dissera na aula de redação, que não tinha experiência naquilo. Jogou fora o remédio que ganhara de Hisako. Da mesma maneira, quase por uma reação instantânea, dissera à mulher da rua que estava incapacitado de andar por causa disso; era nada mais que uma mentira decorrente da primeira. Uma vez que você conta uma mentira, ela não o abandona mais, continua a persegui-lo. Assim como Ginpei segue uma mulher, a mentira segue Ginpei. É muito provável que aconteça o mesmo com o crime. Uma vez que se comete um crime, este permanece atrás de quem o cometeu e faz com que tal pessoa torne a cometer mais e mais crimes. É o que acontece com o mau hábito. O fato de uma vez ter seguido uma mulher fez com que Ginpei passasse a seguir outras. É persistente como a micose no pé. Cresce e se espalha cada vez mais, e nunca desaparece por completo. A micose deste verão, mesmo tendo sido controlada por ora, volta a aparecer no próximo ano.

— Eu não sofro de micose nos pés. Não sei o que é micose nos pés — cuspiu as palavras como se repreendesse a si mesmo. Não havia razão alguma para comparar o fascínio de sentir arrepio e delírio ao seguir uma mulher com a imunda micose nos pés. Uma mentira que Ginpei pregara faria com que ele chegasse a ter tal associação de ideias?

Mas o próprio fato de ter inventado a micose nos pés naquele instante, na frente do portão da casa de Hisako, não teria sido motivado pelo complexo de ter pés disformes? De repente, essa ideia iluminou sua mente. Sendo assim, o que perseguia a mulher eram os pés, e, nesse caso, teria algo a ver com essa feiura? Ginpei se surpreendeu com essa ideia que acabara de ocorrer. A fealdade de parte do seu corpo estaria chorando, ansiando pela beleza? Seria uma providência do céu que os pés disformes perseguissem beldades?

Passando as mãos em movimento deslizante, das coxas para as canelas, a garota do banho virou as costas para ele. Isto significava que os pés de Ginpei ficaram bem abaixo dos olhos dela.

— Já basta! — disse ele, assustado. Encolheu os dedos longos, dobrando as articulações.

A mulher perguntou com sua voz de bela vibração:

— Vamos cortar as unhas?

— As unhas...? Ah, as unhas...? Vai cortar as unhas dos meus pés? — sentiu-se confuso, e acrescentou para disfarçar o embaraço: — Devem estar grandes, não é?

A mulher colocou a palma da mão na sola do pé dele, deixando-o descontraído com esse contato suave, e distendeu os dedos dobrados como os de um macaco.

— Só um pouquinho... — disse ela.

E começou a cortar as unhas dos pés dele de um modo gentil e cuidadoso.

— Que bom que você está aqui sempre — começou Ginpei. Desistiu de ser arisco e entregou os pés e os dedos às mãos da atendente. — Sempre que eu quiser vê-la, basta vir aqui. Para ser atendido por você é só indicar seu número, não é?

— Sim.

— Você não é uma pessoa com quem simplesmente se cruza na rua. Não é uma desconhecida que não sei nem quem é, nem de onde é. Não é alguém que, se eu não seguisse logo após cruzarmos um com o outro, desapareceria de vista e se perderia no mundo, de modo que não haveria um segundo encontro. Até parece que estou dizendo esquisitices...

Depois que desistiu de ser arisco e se entregou às mãos da garota, o fato de ter pés disformes proporcionou-lhe mornas lágrimas de felicidade. Nunca ele os expusera tanto como para essa mulher, que lhe sustentava o pé com uma mão e cortava as unhas com a outra.

— Até parece que estou dizendo esquisitices, mas é verdade o que digo. Você não tem uma experiência dessas? Depara-se com uma pessoa e logo se separa dela, depois lamenta, sentindo pena... Comigo acontece muitas vezes. Que pessoa adorável, que mulher bonita, não deve haver duas mulheres como esta no mundo, alguém que me atraia tanto. Se cruzasse na rua com alguém assim, ou sentasse perto num teatro, ou, ao sair de um concerto, descesse a escadaria lado a lado com ela, depois que nos separássemos nunca mais voltaria a vê-la em toda a vida. E apesar disso não poderia deter essa pessoa desconhecida, nem lhe dirigir a palavra. Nossa vida é assim mesmo! Nessas ocasiões, sinto uma tristeza, um desejo de morrer, minha consciência me abandona e sinto que vou desfalecer. Minha vontade é perseguir a pessoa até os confins da Terra, mas isso é impossível. Perseguir até os confins da Terra é o mesmo que matar essa pessoa, não há outra saída, não é?

Sem querer, falou demais. Súbito, deu-se conta e engoliu em seco. Continuou a falar para desconversar:

— Claro que exagerei um pouco. É uma sorte que eu precise apenas pegar o telefone quando quero ouvir sua voz. Mas não acontece o mesmo com você pois não é cliente, não tem essa facilidade. Caso você goste de um cliente e deseje que ele volte, e o espere ansiosa, esse retorno depende da vontade dele, e pode ser que nunca mais venha, não é? Não acha essa situação frágil demais? A vida humana é assim mesmo...

Ginpei ficou observando as costas virginais da atendente, cujos ossos cervicais se moviam quase que imperceptivelmente a cada vez que cortava uma unha. Quando terminou de cortá-las, ela hesitou um pouco, continuando de costas para ele.

— E as mãos...? — perguntou, virando-se.

Ainda deitado, Ginpei levantou as mãos sobre o peito e deu uma olhada.

— Não estão crescidas como as dos pés. Não são feias como as outras.

Mas, já que não recusara, a atendente cortou também as unhas das mãos.

Percebeu que a garota estava ficando assustada com ele. Para o próprio Ginpei, o que acabara de dizer, de forma descuidada, deixou uma sensação desagradável. Seria um assassinato realmente o ponto extremo da perseguição? No caso de Miyako Mizuki, ele apenas apanhara sua bolsa, e era pouco provável que a reencontrasse. Não seria diferente de um estranho com quem se cruza na rua: mal se encontra, logo se separa. No caso de Hisako Tamaki, foi impedido de vê-la, e, desde que se separaram, dificilmente tornariam a se encontrar. Não as encurralava com intenção de matá-las. Tanto Hisako quanto Miyako, ele talvez as tenha perdido para sempre num mundo inalcançável.

Ginpei recordou as fisionomias de Hisako e Yayoi com uma nitidez surpreendente, e comparou com o rosto da garota do banho.

— Eu não acredito que haja algum cliente que não volte mais depois de ser tratado com tamanha dedicação.

— Ora, é apenas nosso trabalho.

— Você diz "é apenas nosso trabalho" com uma voz tão bela!

A atendente virou o rosto para o lado. Como que envergonhado, Ginpei cerrou os olhos. Entre as pálpebras enxergava o corpete branco.

— Tire isto — disse Ginpei para Hisako, pegando a ponta de seu sutiã. Hisako meneou a cabeça. Ginpei o puxou com força. O elástico se encolheu dentro da mão dele. Hisako estava com um ar perdido, olhando o sutiã na mão dele e deixando os seios expostos. Ginpei jogou fora o que segurava com força na mão direita.

Abriu os olhos e olhou a mão da atendente, que cortava as unhas. Hisako tinha quantos anos a menos do que esta garota? Dois ou três? A tez dela teria ficado agora tão alva quanto a desta garota dos banhos? Ginpei sentiu o cheiro do tecido azul-índigo de *kasuri* de Kurume.[1] Era o quimono de Ginpei quando garoto, mas a associação de imagem veio da cor da saia em sarja azul-índigo do uniforme colegial de Hisako. Enquanto enfiava as pernas na saia de sarja azul-índigo, Hisako chorava; Ginpei também sentia as lágrimas aflorarem.

Ginpei relaxou os dedos da mão direita. A garota sustentou a mão dele com sua mão esquerda e, com a tesoura na mão direita, foi cortando habilmente as unhas. Caminhando de mãos dadas com Yayoi sobre o lago da terra natal de sua mãe, acontecia, às vezes, de Ginpei abandonar a mão dela.

— O que foi? — indagava Yayoi e voltava à margem. Se, naquela ocasião, continuasse segurando com firmeza, ele a teria submergido para baixo da camada de gelo do lago?

Ginpei não cruzara na rua nem com Yayoi nem com Hisako. Sabia quem e de onde eram, tinham certa ligação e elas podiam ser encontradas sempre que quisesse. Mesmo assim, ele as seguira, e apesar de tudo foram obrigados a se separar.

— Os ouvidos... Vamos cuidar deles? — perguntou a garota do banho.

---

1. *Kasuri* é uma técnica de tingimento em que os fios são tingidos antes de serem tecidos, originando um desenho de contornos indefinidos. A região de Kurume produz um tecido de algodão grosso e resistente em azul--índigo estampado de branco.

— Ouvidos? O que vai fazer?

— Vou limpá-los. Sente-se, por favor...

Ginpei se levantou e sentou no divã. Com um jeito delicado, a garota massageou o lóbulo da orelha de Ginpei e, sem que ele tivesse tempo de perceber, inseriu o dedo no ouvido e o girou de um modo sutil. O ar turvo de dentro escapou e o ouvido ficou leve. Ginpei sentiu um suave aroma. Ouviu um ruído diminuto e um delicado martelamento; uma leve vibração o acompanhava. Delicadamente, a garota batia o dedo enfiado no ouvido com a outra mão. Ginpei sentia um estranho êxtase.

— O que está fazendo? Parece que estou sonhando — disse, voltando a cabeça para trás, mas não podia ver o próprio ouvido.

A atendente enviesou um pouco o braço para o lado do rosto de Ginpei, voltou a inserir o dedo no ouvido e, desta vez, mostrou-lhe, girando o dedo em lento movimento.

— É o sussurro de amor de um anjo. Eu gostaria de extrair assim todas as vozes humanas que ficaram aí grudadas, e passar a ouvir só a sua bela voz. Até as mentiras humanas desapareceriam de meus ouvidos.

A garota encostou seu corpo seminu no corpo desnudo de Ginpei e executou aquela música que era celestial para ele.

— Espero não ter causado incômodo ao senhor.

A massagem terminou. Ela calçou as meias em Ginpei, que continuou sentado, abotoou-lhe a camisa, enfiou os pés dele nos sapatos e amarrou os cadarços. O que Ginpei fez por conta própria foi ajustar o cinto e amarrar a gravata.

Mesmo depois de terem saído da sala de banho, a garota continuou em pé a seu lado enquanto ele tomava um suco gelado.

Acompanhado por ela até o vestíbulo, Ginpei saiu para o jardim; anoitecia. Ele, então, numa alucinação, viu uma enorme teia de aranha. Junto com vários insetos, dois ou três *mejiro*[2] estavam aprisionados na teia. Era possível ver com nitidez a plumagem verde e os graciosos círculos brancos ao redor dos olhos dos passarinhos. Se batessem as asas, poderiam romper os fios da teia, mas os belos *mejiro* se mantinham de asas fechadas e continuavam presos. A aranha, por sua vez, temendo ser bicada e ter seu corpo dilacerado, permanecia imóvel no centro da teia, com as costas viradas para os pássaros.

Ginpei ergueu o olhar para o bosque escuro. Os fogos do incêndio noturno da distante margem se refletiam no lago da aldeia natal de sua mãe. Ele teve a sensação de que estava sendo atraído para aquele fogo refletido na água.

---

2. Literalmente, "olhos-brancos": pássaro nativo do Japão, de cerca de seis centímetros, de plumagem verde, com um círculo branco ao redor dos olhos, que vive nos campos e montanhas japoneses. *Zosterops palpebrosa japonica*.

2

Miyako Mizuki não procurou a polícia para registrar a ocorrência do roubo de sua bolsa contendo duzentos mil ienes. Essa quantia era tão grande para ela que afetava diretamente o seu destino; porém, tinha motivos que a constrangeriam se desse queixa na polícia. Portanto, era possível dizer que por esse incidente era desnecessário que Ginpei fugisse e se escondesse no longínquo Shinshu, e se havia algo que vinha em sua perseguição seria talvez esse dinheiro. Não o fato de tê-lo roubado, mas era como se o dinheiro em si não abandonasse mais Ginpei e continuasse a persegui-lo.

É certo que ele ficou com o dinheiro, mas antes tentou avisar Miyako de que a bolsa dela tinha caído. Por isso, não seria correto dizer que ele a roubou. Miyako também não pensava que Ginpei lhe roubara. Não estava segura disso. Quando deixou cair a bolsa no meio da rua, a única pessoa que estava ali era Ginpei, portanto seria natural suspeitar dele. Mas, já que Miyako não estava lá para testemunhar o ato em que ele a apanhara, poderia ter sido outra pessoa que tivesse passado no local.

— Sachiko! Sachiko!
Naquela ocasião, Miyako chamou a empregada logo que entrou no vestíbulo.
— Eu deixei cair a bolsa no caminho, vá procurá-la. Foi defronte à farmácia. Apresse-se, vá correndo!
— Sim, senhora.
— Se não for logo, alguém vai pegar.
Com a respiração ofegante, Miyako subiu ao andar superior. Tatsu, a outra empregada, seguiu-a logo atrás.
— Senhorita. É verdade que deixou cair a bolsa?
Tatsu era mãe de Sachiko. Ela já trabalhava para Miyako quando levou sua filha para lá. Miyako não precisava de duas empregadas, pois morava sozinha nessa pequena casa, mas Tatsu aproveitara o ponto fraco que descobrira da patroa e acabou se tornando mais influente do que uma simples empregada doméstica. Ela tratava Miyako ora por "senhora", ora por "senhorita", mas, quando o idoso senhor Arita estava presente, Tatsu a chamava de "senhora".

Certa vez, Miyako sentira vontade de fazer confidências a Tatsu.

— Quando estávamos numa hospedaria em Kyoto, a camareira que me atendia chamava-me de "senhorita". Mas na presença de Arita, por mais que fosse visível a diferença de idade, tratava-me por "senhora"... Pode ser que estivesse apenas fazendo pouco caso de mim, tratando-me de "senhorita", pois me soava como "ora, ora, coitadinha", e eu ficava triste.

— Passarei então a chamá-la de "senhorita" — dissera Tatsu, e daquele dia em diante assim o fez.

— Mas, senhorita, não é estranho deixar cair a bolsa andando na rua? Não carregava outras bagagens, só segurava a bolsa na mão?

Tatsu arredondou os olhos miúdos e ergueu o olhar para fitar Miyako.

Os olhos de Tatsu eram redondos sem que ela os arregalasse. Eram naturalmente arregalados como se fossem guizos incrustados. Sachiko, que era um retrato de sua mãe, também tinha olhos pequenos, sempre bem abertos e redondos, talvez por ter as comissuras das pálpebras curtas, e nela esses olhos ficavam encantadores; mas, em Tatsu, ao contrário, eram chamativos demais, antinaturais, e causavam estranheza, deixando alerta quem os olhasse. De fato, ao encará-la, notava-se que Tatsu tinha um olhar de quem oculta algo de insondável. A cor dos olhos, por sua vez, de um castanho claro e um tanto transparente, causava impressão de frieza.

O rosto de tez alva de Tatsu era pequeno e também redondo. O pescoço era gordo, o peito ainda mais gordo, e quanto mais abaixo mais gorda ela era, mas tinha pés pequenos. Sua filha Sachiko tinha pés pequenos e incrivelmente encantadores. Os tornozelos da mãe eram estrangulados, e até os pequenos pés de alguma forma pareciam esconder safadeza. Tanto a mãe como a filha eram de estatura baixa.

Devido à nuca carnuda, Tatsu tinha dificuldade para envergar o pescoço para trás, e para olhar Miyako tinha de levantar a vista. Com isso, Miyako sentiu que a outra adivinhava seu coração.

— Caiu porque deixei cair — disse como quem dá uma bronca. — Por sinal, não estou com a bolsa.

— Mas a senhorita não disse que foi logo ali defronte à farmácia? Sabe onde foi, e além do mais foi perto de casa. Como a deixou cair? A própria bolsa...

— Caiu porque deixei cair.

— Pode acontecer com o guarda-chuva, que se costuma esquecer, mas deixar cair o que se tem na mão é tão esquisito quanto um macaco cair de uma árvore[3] — insistiu Tatsu, citando um provérbio que não se adequava bem ao caso. — Se percebeu que caiu, devia ter apanhado, não é?

— É óbvio! O que está dizendo? Se eu tivesse percebido na hora, isso não significaria que deixei cair de fato!

Miyako se deu conta de que subira ao segundo andar e estava ali em pé ainda vestida com um conjunto para sair. Se bem que seus armários, tanto de roupas ocidentais quanto de quimonos, ficavam no mesmo andar, no aposento de quatro tatames e meio. Esse era o cômodo para ela trocar de roupa quando o velho Arita vinha, pois eles usavam o quarto ao lado, de oito tatames. Na realidade, isso comprovava que Tatsu reinava no andar de baixo.

— Vá lá embaixo e me traga uma toalha molhada. Em água gelada, ouviu? Estou um pouco suada.

— Sim, senhora.

Pensou que ordenando assim Tatsu seria obrigada a descer, e que se ela se despisse para enxugar o suor do corpo a outra não permaneceria no segundo andar.

— Quer que eu coloque gelo numa baciazinha com água e enxugue seu corpo?

---

3. Provérbio: "Macaco também cai de árvore." Significa que o mais habilidoso pode cometer erro por descuido.

— Não, não precisa. — Miyako franziu o cenho.

Quase ao mesmo tempo que Tatsu descia a escada, abriu-se a porta do vestíbulo. A voz de Sachiko fez-se ouvir:

— Mamãe, procurei desde a frente da farmácia até a avenida onde passam bondes, mas não achei a bolsa da senhora.

— Eu já esperava por isso... Agora vá ao andar de cima e informe à senhora. E você foi ao posto policial registrar a ocorrência?

— Ué! Era para registrar?

— Não seja tão distraída! Vá já registrar.

— Sachiko! Sachiko! — chamou Miyako do segundo andar. — Não precisa ir à polícia. Não tinha nada de importante na bolsa...

Sachiko não respondeu, mas Tatsu subiu com a pequena bacia sobre uma bandeja de madeira. Miyako tirara a saia e estava só com as roupas íntimas.

— Permita-me passar a toalha em suas costas, senhora? — perguntou Tatsu, exagerando na expressão de tratamento respeitosa.

— Não, não precisa.

Miyako pegou a toalha que Tatsu torceu, estirou as pernas sobre os tatames e começou a enxugar os pés. Limpou entre os dedos com cuidado. Tatsu estendeu e dobrou as meias que Miyako atirou enroladas.

— Não precisa. É para lavar — disse Miyako, jogando a toalha na mão de Tatsu.

Sachiko subiu a escada, sentou-se no limiar do cômodo de quatro tatames e meio e inclinou-se em reverência, pondo as duas mãos no tatame.

— Estive lá, mas não encontrei a bolsa, senhora — disse, de modo encantador e um pouco engraçado.

Tatsu tratava Miyako de forma inconstante, dependia das circunstâncias: ora exagerada na polidez, ora descortês ao extremo, ora familiar e pegajosa em demasia; mas ensinava boas maneiras para sua filha com todo o rigor. Treinou Sachiko para amarrar os cadarços do velho Arita quando ele se preparasse para deixar a casa. O velho sofria de nevralgia e, por vezes, para se levantar, apoiava-se no ombro de Sachiko, acocorada junto a seus pés. Havia muito que Miyako percebera que Tatsu tramava para que Sachiko roubasse seu idoso homem, mas ela não sabia se a empregada já instruíra ou não a filha de dezessete anos sobre os detalhes dessa maquinação. Tatsu fez Sachiko usar perfume. Quando Miyako comentara a respeito, respondera:

— É que o corpo da menina tem um forte odor.

Como se pressionasse Miyako, Tatsu perguntou:

— Não acha que deveria mandar Sachiko até o posto policial para registrar a ocorrência?

— Você é insistente!

— Sinto pena do desperdício. Quanto dinheiro havia na bolsa?

— Não tinha dinheiro — disse Miyako fechando os olhos, e, aplicando a toalha fria sobre eles, ficou imóvel por algum tempo. As batidas do coração voltaram a acelerar.

Miyako possuía duas cadernetas de banco. Uma em seu próprio nome e outra em nome de Tatsu, a qual também ficava com Miyako. Era o dinheiro que Miyako guardava escondido de Arita, seguindo instruções de Tatsu.

Tirara duzentos mil ienes da própria caderneta, mas não revelara para a empregada, pois, caso chegasse ao conhecimento do velho Arita, ele não deixaria de perguntar o motivo da necessidade de tal soma. Não poderia registrar a ocorrência de modo descuidado.

Para Miyako, seu sangue corria naqueles duzentos mil ienes. Era, por assim dizer, o preço de sua juventude, a contrapartida por entregar seu corpo jovem ao velho semimorto, de cabeça branca, desperdiçando dessa forma os curtos momentos da floração em sua vida. No entanto, no mesmo instante em que perdeu o dinheiro, perdeu-se também todo o seu sacrifício passado, e nada mais lhe restava. Era inacreditável. Por outro lado, se o tivesse gastado, poderia recordar mais tarde, depois que o dinheiro desaparecesse; mas, perdendo-o por um motivo fútil, o fato de tê-lo poupado iria se tornar uma recordação amarga.

Todavia, Miyako não poderia negar que sentira um tremor percorrer o corpo no momento em que perdeu os duzentos mil ienes, um estremecimento de prazer sensual. Era mais provável que tivesse dado uma rápida volta sobre si mesma pela surpresa do gozo repentino do que fugisse com medo do homem que a seguia.

Obviamente, Miyako não pensava ter deixado cair a bolsa. Assim como Ginpei não estava seguro se fora agredido com a bolsa ou se a mulher a atirara nele, Miyako também não sabia se o golpeara com a bolsa ou a jogara nele. Contudo, ela sentiu um forte impacto. Teve um lento entorpecimento na mão, que subiu ao braço, ao peito, e todo o corpo foi tomado por um êxtase semelhante a uma dor terrível. Parecia que algo nebuloso e obscuro, que se acumulava em seu interior enquanto era perseguida pelo homem, se incendiasse instantaneamente. Um estremecimento que parecia ter ressuscitado sua juventude soterrada pela sombra do velho Arita, como se ela tivesse se vingado. Pensando desse modo, era como se fosse recompensado naquele instante seu complexo reprimido nesses longos anos, durante os quais economizava para acumular os duzentos mil ienes; portanto, não os perdera de forma inútil, mas pagara talvez o valor merecido.

No entanto, a reação dela não teve nada a ver com os duzentos mil ienes. Quando bateu no homem com a bolsa ou a jogou contra ele, Miyako tinha se esquecido por completo do dinheiro. Nem se deu conta de que sua mão largara a bolsa. Não se lembrou nem mesmo quando se virou e se pôs a correr. Nesse sentido, era certo afirmar que Miyako deixou cair a bolsa. Do mesmo modo, antes de jogá-la contra o homem, ela não lembrava de sua bolsa e do dinheiro que havia dentro. Somente a consciência de que estava sendo seguida pelo homem vinha se avolumando no coração como uma onda do mar, e, no momento exato em que a onda bateu com ímpeto e se quebrou, sua bolsa desapareceu.

Ela entrou no vestíbulo de sua casa ainda sentindo o entorpecimento prazeroso, e subiu direto para o segundo andar, como se quisesse se esconder dos olhares das empregadas.

— Vá para baixo, por favor. Quero me despir — disse Miyako para Tatsu enquanto passava uma toalha no pescoço e nos braços.

— Por que não se despe na sala de banho? — perguntou Tatsu, olhando-a com desconfiança.

— Não quero sair daqui.

— Entendo. Mas na frente da farmácia... Tem certeza de que a perdeu depois que dobrou a avenida onde passam bondes? Então, irei eu mesma até o posto policial perguntar...

— Não estou certa de onde foi.

— Por quê?

— Porque estava sendo seguida...

Deixou escapar sem querer, pois queria logo ficar só para enxugar os sinais do estremecimento. Os olhos redondos de Tatsu cintilaram.

— Outra vez?

— É — afirmou, readquirindo o sangue frio. Mas, assim que o disse, a sensação remanescente do entorpecimento desvaneceu e restou apenas um frio desagradável.

— Voltou direto para casa hoje, ou andou dando voltas para arrastar o homem? Por isso perdeu a bolsa, não foi?

Notando que Sachiko continuava sentada, Tatsu se virou para ela e ralhou:

— Sachiko, o que está pensando aí feito uma boba?

Piscando os olhos como se estivesse ofuscada, Sachiko pisou em falso ao se levantar, desequilibrando-se, e corou.

Sachiko sabia, entretanto, que não era raro o fato de Miyako ser perseguida por homens na rua. O velho Arita também tinha conhecimento disso. Mesmo estando em pleno centro de Ginza, Miyako sussurrou ao idoso:

— Alguém está me seguindo.

— Ah, é? — O velho ia se virar para trás.

— Não olhe!

— Por que não? Como sabe que está sendo seguida?

— É fácil perceber. Há pouco ele passou por nós, um homem alto, de chapéu meio azulado.

— Eu não reparei, mas você fez algum sinal quando cruzou com ele?

— Que tolice! Por acaso eu perguntaria: "O senhor é apenas alguém que passa por mim, ou vai entrar em minha vida?"

— Está contente?

— Será que vou mesmo perguntar a ele...? Então, vamos apostar até onde ele vai me seguir? Eu quero apostar! Não daria certo estando junto com um senhor idoso de bengala. Entre ali na loja de tecidos e fique observando. Vou até lá na ponta e, se o homem me seguir até eu voltar aqui, vou querer então um conjunto branco de verão, mas não de linho, está bem?

— Caso você perca...?

— Nesse caso? Pode passar a noite toda fazendo meu braço de travesseiro.

— Não vale virar para trás e falar com ele, viu?

— É claro!

Miyako fez a aposta prevendo que o velho Arita perderia. Mesmo que perdesse, pensou Arita, ela o deixaria fazer seu braço de travesseiro a noite toda. Mas, se adormecesse, não saberia se o braço dela continuaria sob sua cabeça; pensando nisso, entrou na loja de tecidos com um sorriso torto. E, enquanto observava Miyako e o homem que a seguia se afastarem, o velho Arita sentiu reavivarem dentro de si as chamas da juventude. Não era ciúme. Ter ciúme era proibido.

Na residência do idoso morava uma bela mulher, a título de "governanta". Estava na casa dos trinta, era cerca de dez anos mais velha que Miyako. O velho, de quase setenta anos, fazia de travesseiro os braços dessas duas mulheres jovens, que lhe abraçavam o pescoço, e com os seios na boca sentia como se estivesse nos braços da mãe. Ninguém mais, a não ser a mãe, faz um velho esquecer os terrores deste mundo. Ele fez questão de que tanto a governanta quanto Miyako soubessem da existência uma da outra.

O velho ameaçava Miyako dizendo que, caso elas se tornassem ciumentas, ele era capaz de se tornar violento pelo medo de perdê-las e causar-lhes algum dano físico, ou sofrer um ataque cardíaco e morrer subitamente. Não passava de palavrório egoísta, mas Miyako sabia que ele era vítima de mania de perseguição, sentia um medo mórbido e sofria do coração; assim, sempre que necessário, Miyako pressionava com sua macia mão o peito do velho Arita, ou encostava seu belo rosto nele com delicadeza. No entanto, a governanta, que se chamava Umeko, não deixava de mostrar ciúme de Miyako. Esta sabia por experiência que, quando o velho Arita tentava agradá-la logo que punha os pés na casa dela, era certo que ele saíra de sua própria casa incomodado pela ciumeira de Umeko. Ao pensar que uma mulher ainda jovem como Umeko tinha ciúme de um velho como ele, Miyako a considerava mesquinha e acabava ficando deprimida.

Como o velho Arita costumava elogiar Umeko, dizendo que era uma boa dona de casa, Miyako deduziu que ele esperava que ela fosse uma mulher lasciva. Mas era bem claro que o que o idoso buscava com ansiedade em Miyako e Umeko era ternura maternal. A mãe biológica de Arita foi forçada a deixar o marido e o filho quando este tinha menos de dois anos, e logo veio a madrasta. O velho sempre contava isso para Miyako.

— Mesmo sendo madrasta, eu teria sido bem feliz se ela fosse alguém como Miyako ou Umeko — dizia, cheio de dengos.

— Não sei, não. Se o senhor fosse meu enteado, eu iria maltratá-lo. Deve ter sido uma criança malcriada, não foi?

— Eu era uma criança engraçadinha.

— Para compensar ter sido vítima dos maus-tratos da sua madrasta, o senhor tem agora com essa idade duas mães bem bondosas. Então, não acha que é um homem feliz? — disse Miyako com um pouco de ironia, mas o velho não se abalou nem um pouco.

— Realmente. Sou muito grato a vocês.

"É grato nada!" Algo semelhante à indignação se remexia dentro de Miyako; mas, observando a atual condição do velho, de quase setenta, que fora e ainda era um trabalhador esforçado, não podia deixar de pensar que havia muito para estudar sobre a vida humana.

O velho Arita parecia ficar impaciente com a vida indolente que Miyako levava. Sozinha, ela não tinha nada com que se ocupar. Sua vida consistia em esperar a visita do idoso, embora sem muito entusiasmo, e, enquanto isso, ia desaparecendo sua vitalidade juvenil. Ela achava estranho e não entendia a razão do interesse de sua empregada Tatsu. Quando o velho saía em viagem, cabia sempre a Miyako acompanhá-lo; Tatsu, então, tentou ensiná-la a surrupiar o velho, aproveitando os gastos com a hospedagem. Isto é, disse-lhe que ela devia pedir ao hotel para colocar um valor a mais no recibo e embolsar essa diferença. Miyako achou degradante demais, mesmo que houvesse algum estabelecimento que concordasse em fazê-lo.

— Nesse caso, tire a diferença nos gastos de chá ou de gorjetas. A senhora mesma leva a conta para o patrão na sala contígua. Faça com que seja generoso com os gastos de chá e gratificações. Como tem de manter as aparências, será bom pagador. Então, antes de passar para a sala da frente, a senhora tira, por exemplo, mil ienes, se forem três mil, e os guarda rapidamente entre o *obi* ou no busto da blusa. Ninguém ficará sabendo.

— Que horror! Tão mesquinha por causa de alguns trocados...

Mas, se pensasse no salário de Tatsu, não seria justo dizer que fossem apenas trocados.

— Não são apenas trocados! Para juntar dinheiro temos de seguir o provérbio "Juntando pó se faz montanha". Para mulheres como nós... A poupança, senhora, rende por dia, rende por mês — disse Tatsu, dando ênfase às palavras. — Sou aliada da senhora. Não permitirei que o vovozinho fique sugando seu sangue jovem em troca de nada!

Quando o velho Arita chegava, Tatsu mudava até a voz, ao modo das mulheres que trabalham nos ramos de comes e bebes; nesses momentos, no entanto, até para Miyako a voz dela soava estranha e cavernosa. Sentiu-se arrepiada. Porém, mais do que a voz e a fala de Tatsu, o que lhe causava arrepio era a celeridade do passar do tempo, a rapidez do escoar da juventude de seu corpo, da mesma forma que o crescimento diário ou mensal de sua poupança, ou melhor, o inverso dele.

De maneira diferente de Tatsu, Miyako fora criada até o final da guerra como uma princesinha, num ambiente de conforto e carinho. Por isso nunca passou por sua cabeça furtar os gastos de hospedagem, mas o fato de Tatsu lhe dar tais conselhos seria uma prova de que ela estaria furtando os trocados miúdos das despesas da cozinha. Até mesmo o troco do remédio de gripe costumava apresentar uma diferença de cinco ou dez ienes quando Tatsu ou Sachiko compravam. Sentia curiosidade de interrogar Sachiko para descobrir se os pós que Tatsu vinha juntando teriam formado uma montanha. Entretanto, já que não havia sinais de que a empregada desse uma mesada a sua filha, com certeza não lhe mostraria a caderneta. "Não deve ter grande coisa", dizia para si Miyako, fazendo pouco caso; mas, ao começar a compreender a natureza de Tatsu, que juntava pós feito formiga, teve de reconhecer que não a poderia continuar menosprezando. De qualquer modo, a vida de Tatsu poderia ser definida como de espécie saudável, e a de Miyako como de uma espécie doentia. A beleza e a juventude de Miyako eram objetos de consumo, enquanto Tatsu vivia sem desgastar nada de si. Quando ouvia da outra que ela sofrera de forma cruel nas mãos de seu marido, que morrera na guerra, Miyako lhe indagava sentindo certo prazer:

— Você chorava?

— Chorava, sim... Não havia um dia em que meus olhos não ficassem vermelhos de tanto chorar. O *hibashi*[4] que ele me jogou certa vez acertou o pescoço de Sachiko, e até hoje ela tem uma pequena cicatriz onde a ponta a atingiu. É na nuca. Se a senhora olhar, vai ver. Penso que aquela cicatriz é uma prova incontestável.

— Prova de quê...?

— Ora, senhorita! É algo impossível de se dizer!

— Bem, mas se até você sofreu maus-tratos, eu acho que os homens são dignos de admiração! — disse Miyako, fingindo-se de desentendida.

— Sim, senhora! Mas tudo depende de como se vê o fato. Na época, eu vivia como possuída pela raposa[5], nem pensava em olhar à minha volta, era possuída pelo marido... Na verdade, bastaria me livrar da raposa.

Ouvindo Tatsu, Miyako recordou sua própria imagem de adolescente, que perdera seu primeiro namorado na guerra.

Talvez por ter crescido numa família abastada, Miyako era de certa maneira indiferente ao dinheiro. Duzentos mil ienes era agora uma enorme quantia para ela, mas desistiu logo dela, achando que o que perdera, perdera. O que a família de Miyako perdera na guerra era muito superior a esses duzentos mil. No entanto, era óbvio que não havia como Miyako conseguir de novo aquela mesma quantia. De repente, ficou perturbada, lembrando que retirara

---

4. Semelhante ao *hashi*: pauzinhos para comer, feitos de metal para manuseio no fogo.
5. Crença popular. Pessoa possuída pela raposa apresenta comportamento irracional.

o dinheiro do banco porque havia necessidade. Caso a pessoa que o tenha achado na rua entregasse ao posto policial, até poderia aparecer no jornal o valor de duzentos mil. Essa pessoa poderia trazer o dinheiro diretamente à sua casa, ou poderia chegar um aviso da polícia, já que havia também a caderneta do banco com nome e endereço da proprietária. Nos três ou quatro dias que se seguiram, Miyako leu com atenção os jornais. Compreendeu que o homem que a seguira ficara sabendo seu nome e endereço. Então, aquele homem a roubara? Caso contrário, ele deveria continuar seguindo-a, independentemente de ter ou não apanhado a bolsa. Ou teria fugido, surpreso por ter sido agredido com a bolsa?

Miyako perdera a bolsa cerca de uma semana depois de fazer com que o velho Arita lhe comprasse um corte de tecido branco para um vestido de verão. Durante esse período de uma semana, Arita não foi à casa de Miyako. Apareceu na noite do segundo dia após o incidente da bolsa.

— Bem-vindo, senhor. — Tatsu o recebeu com alegria e pegou o guarda-chuva molhado. — Veio andando na chuva?

— Hum. O clima está desagradável. Será que começou a estação das chuvas?

— Está sentindo dores, senhor? Sachiko! Sachiko!... — chamou Tatsu, mas logo se lembrou: — Oh, Sachiko está tomando banho.

Logo que disse isso, Tatsu desceu de pés descalços, quase pulando ao chão do vestíbulo, e ajudou o velho a tirar os sapatos.

— Quero tomar um banho quente para me aquecer. Se você já tiver um preparado, vou aproveitar. Um dia como hoje, úmido, em que faz um frio fora de estação, começa a me...

— Deve se sentir incomodado, não é, senhor? — Tatsu franziu as curtas sobrancelhas sobre os pequenos olhos.

— Oh, que grande falha a nossa. Não imaginávamos que o senhor viesse hoje, por isso Sachiko foi tomar banho agora. O que podemos fazer?

— Está bem.

— Sachiko! Sachiko! Termine logo! Retire a água quente da superfície, com muito cuidado, para deixar tudo bem limpo... Enxágue o piso e tudo o mais... — Tatsu se apressou em colocar a chaleira no fogo e ligou o gás para o banho.

Quando ela retornou, o velho Arita continuava com a capa de chuva e estava sentado de pernas estiradas, esfregando-as com as mãos.

— Gostaria que Sachiko lhe massageasse um pouco no banho...?

— Onde está Miyako?

— Bem, a senhora disse que ia assistir aos noticiários... Há um cinema que exibe só noticiários. Logo estará de volta.

— Chame a massagista.

— Sim, senhor. A de sempre?... — Levantou-se e buscou o quimono do idoso. — Vai se trocar no banho, não é? Sachiko! — voltou a chamar a filha, e disse para o velho: — Vou dar um pulo lá e chamar a massagista.

— Ela já saiu do banho?

— Sim, já... Sachiko!

Quando Miyako voltou, cerca de uma hora depois, o velho Arita estava deitado no leito, no andar superior, sendo atendido pela massagista.

— É que me dói — disse ele em voz baixa. — Não sei como inventei de sair num dia tão horrível. Acho que se tomar mais um banho me sentirei restabelecido.

— Creio que sim — respondeu Miyako, distraída, sentada no tatame e recostada no guarda-roupa.

Fazia uma semana que não o via; o rosto do velho Arita parecia ter ficado esbranquiçado e cansado. As manchas de cor acastanhada nas faces e nas mãos estavam mais visíveis.

— Fui assistir ao noticiário. Assistindo às notícias me sinto revigorada. No caminho, pensei em desistir do noticiário e ir lavar os cabelos, mas o salão de beleza já estaria fechado, por isso... — disse Miyako observando a cabeça do velho, que parecia recém-lavada. — Seus cabelos estão cheirando a tônico capilar.

— É que Sachiko exala perfume.

— Dizem que o corpo dela tem um forte odor.

— Ah, é?

Miyako desceu à sala de banho. Lavou a cabeça. Chamou Sachiko para secar o cabelo com uma toalha.

— Você tem uns pezinhos mimosos, Sachiko. — Apoiando os cotovelos nos joelhos, Miyako estendeu o braço e tocou no dorso do pé de Sachiko, que se encontrava logo abaixo dos olhos. Sentiu no ombro desnudo os tremores da garota. Talvez por ter herdado a natureza de sua mãe, Sachiko tinha o hábito de surrupiar coisas, mas de Miyako só se apropriava dos objetos insignificantes que ela jogava na cesta de lixo, como restos de batom ou pentes com dentes quebrados, ou ainda grampos de cabelo caídos. Miyako sabia que isso se devia à adoração e à inveja que a garota sentia por sua beleza.

Logo que saiu do banho, Miyako vestiu um *yukata*[6] branco estampado de flores de cardo roxo e um *haori*[7] por cima, e começou a massagear as pernas do idoso. Caso passasse a viver na casa daquele velho, massagear suas pernas se tornaria uma atividade diária. Pensando nisso, ela perguntou:

— A massagista era habilidosa?

— Ao contrário. Quem me faz massagem lá em casa é melhor. Sabe como me tratar e trabalha com boa vontade.

— É mulher também?

— Sim.

Ao pensar que na casa dele a governanta Umeko também lhe fazia massagem diariamente, Miyako sentiu desgosto e as mãos perderam força. O velho Arita agarrou o dedo dela e o pôs sobre o ponto localizado na raiz do nervo ciático. O dedo se vergou.

— Parece que dedos finos como os meus não servem.

— Você acha...? Eu não acho. Os dedos carinhosos de uma mulher jovem são deliciosos.

Miyako sentiu calafrios percorrerem sua espinha e deixou de novo o dedo escapar do ponto. O velho voltou a agarrá-lo.

---

6. Quimono simples, de algodão ou linho, usado no verão em ocasião informal.
7. Quimono curto, usado como casaco.

— Não seria melhor que mãos com dedos curtos, como as de Sachiko, o massageassem? Que tal deixá-la praticar um pouco?

O velho não respondeu. De repente, ela se lembrou de uma passagem de *O diabo no corpo*, de Radiguet, que lera depois de assistir ao filme. "Eu não quero tornar sua vida infeliz. Estou chorando. Sou velha demais para você", diz Marthe. Estas palavras de amor são sublimes e infantis. "Mesmo que mais tarde eu sinta uma paixão intensa por alguém, não encontrarei nada mais comovente do que esta inocência de uma jovem de dezenove anos, que chora por se achar velha demais." O namorado de Marthe tem dezesseis anos. Com dezenove anos, Marthe era bem mais nova do que Miyako, que estava com vinte e cinco. Miyako, que entregara seu corpo a um velho e deixava sua juventude se esvair, sentiu-se bastante perturbada ao ler essa passagem.

O velho Arita costumava dizer que Miyako parecia bem mais jovem do que era. Não era apenas o olhar favorável do idoso, mas qualquer pessoa a achava mais nova. Mas ela sentia que o velho Arita dava esse parecer porque desejava e se deliciava com sua juventude. O idoso temia e se entristecia com a perda de graça do rosto de Miyako, própria de uma mocinha, ou da firmeza das linhas do corpo. Seria esquisito e algo torpe considerar que um velho de quase setenta ainda desejasse a mocidade na amante de vinte e cinco, mas havia momentos em que Miyako se esquecia de culpá-lo e, em vez disso, contagiada pelo idoso, ela mesma queria a própria juventude. Entretanto, ao mesmo tempo que ansiava pela juventude dela, o velho de quase setenta anos desejava ardentemente em Miyako, de vinte e cinco, uma ternura maternal. Não que tivesse a intenção de corresponder a isso, mas às vezes ela se confundia como se fosse realmente mãe dele.

Pressionando com os polegares os quadris do velho, que estava deitado de bruços, Miyako quase apoiava seu corpo nos braços escorados.

— Experimente subir nos meus quadris — propôs ele —, e pise com cuidado.

— Não, eu não quero... Por que não manda Sachiko fazer isso? Seria mais conveniente, pois ela é miúda e tem pés pequenos.

— Ela ainda é criança e tem vergonha.

— Eu também sinto vergonha.

Ao dizer essa frase, Miyako lembrou-se de que Sachiko tinha um ano a mais do que o namorado de Marthe e dois anos a menos do que esta personagem. E o que isso tinha a ver com aquele momento?

— O senhor não apareceu mais porque perdeu a aposta?

— Aquela aposta? — Girando o pescoço feito uma *suppon*[8], explicou: — Não foi por isso. Foi por causa da nevralgia.

— Já que a massagista que vai a sua casa é mais habilidosa...

— Bem, isso não deixa de ser um motivo. Além disso, como perdi a aposta, não vou poder fazer seus braços de travesseiro...

— Está bem, pode sim.

---

8. Espécie de tartaruga japonesa.

Miyako sabia muito bem que, a essa altura, o prazer proporcionado pela massagem que lhe fazia nas pernas e quadris, ou quando enterrava o rosto dele em seu peito, estava ficando mais adequado para a idade do velho Arita. O idoso, que levava uma vida muito ocupada, chamava essas horas que passava na casa de Miyako de "hora da libertação do escravo". Para Miyako, a expressão soava como a "hora da escravidão".

— Você está só de *yukata*, vai se resfriar. Já chega.
— O velho se virou, deitando de costas. Como Miyako adivinhara, a sugestão de fazer seu braço de travesseiro o agradara. Ela estava cansada de fazer massagem. — Mas qual a sensação de fazer um homem como aquele de chapéu azul seguir você?

— É uma sensação gostosa. A cor do chapéu não tem nada a ver — disse Miyako, avivando a voz de propósito.

— Se for só para deixar o homem segui-la, a cor do chapéu, de fato, não tem nenhuma importância, mas...

— Anteontem fui seguida também por um homem estranho até a farmácia, e deixei cair minha bolsa. Foi assustador.

— O quê! Em uma semana você foi perseguida por dois homens?

Deixando que o velho Arita apoiasse a cabeça em seu braço como se fosse um travesseiro, Miyako fez que concordou com a cabeça. Diferentemente de Tatsu, o velho não parecia estranhar que ela deixara cair a bolsa na rua. Talvez nem tivesse calma suficiente para estranhar o ocorrido, surpreso demais pelo fato de Miyako ser perseguida por homens na rua. A surpresa do velho proporcionou a ela uma sensação prazerosa, de modo que relaxou o corpo.

O velho encostou o rosto em seus seios e segurou com as mãos as duas protuberâncias quentes; apertando-os contra as têmporas, disse:

— São meus.

— São, sim — respondeu ela de maneira infantil.

Miyako continuou imóvel e caiu num pranto, que transbordava sobre a cabeça branca do velho. Apagou a luz. Pairou na escuridão o rosto prestes a chorar daquele homem, que talvez tivesse apanhado a bolsa, no momento em que tomara a decisão de persegui-la.

Ela não ouvira o grito do homem, mas pensou ter percebido um "A-ah!".

Ao cruzar com ela, o homem parou e se virou, e naquele instante ele teria sido atingido por uma tristeza pungente, causada pelo brilho do cabelo e pela tez das orelhas e da nuca de Miyako. Mesmo sem olhar, ela podia ver o homem, que, sentindo-se ofuscado, quase tombou ao gritar. No momento em que Miyako, percebendo o grito sem tê-lo ouvido, voltou-se e vislumbrou o rosto do homem prestes a chorar, ficou decidido que ele iria segui-la. O homem parecia estar consciente da tristeza que impregnava sua alma, mas sem ter consciência de si. Era óbvio que Miyako não perdera a lucidez, mas sentia que a sombra que escapara do homem ia se infiltrando nela.

No começo, voltou-se rapidamente para vê-lo, mas depois não olhou mais para trás, por isso não guardou o rosto dele. Mesmo agora, o rosto indefinido que pairava na escuridão era apenas um semblante distorcido prestes a chorar.

— É uma natureza diabólica — murmurou o velho Arita logo depois. Como suas lágrimas não paravam de escorrer, Miyako nada disse. — Você é uma mulher assim, diabólica? Não sente medo de ser seguida por tantos homens? Aqui dentro mora um monstro invisível.

— Ai, dói! — Miyako encolheu o peito.

Recordou os tempos em que os seios começavam a doer quando chegava a estação das cerejeiras. Podia se lembrar da forma de seu corpo desnudo e sem mácula daquela época. Por mais que se dissesse que estava mais jovem do que era, seu corpo já ganhara a forma do corpo de uma mulher madura.

— É maldade o que o senhor diz. Só pode ser a nevralgia — rebateu, dizendo coisas desconexas. Teve de reconhecer que, depois que seu corpo se transformara, a mocinha inocente se tornara uma mulher maldosa.

— Por que diz "maldade"? — perguntou, sério, o velho Arita. — Acha divertido fazer os homens seguirem você?

— Não é nada divertido.

— Mas acaba de dizer que sentia prazer. Está desabafando ou se vingando por manter uma relação com um velho como eu?

— Me vingar por quê?

— Contra a sua vida, ou pela má sorte.

— Mesmo que eu sinta prazer ou ache sem graça, não é assim tão simples.

— Concordo que não é simples. Vingar-se da vida não é nada simples.

— Nesse caso, o senhor estaria se vingando de sua vida ao manter uma relação com uma mulher nova como eu?

— Hein? — De imediato, o velho não encontrou palavras para responder, depois replicou: — Não se trata de vingança. Se fosse forçado a interpretar por esse ângulo, eu estaria em posição de ser vingado, e certamente estou sendo vingado.

Miyako nem prestava atenção. Como lhe contou que perdera a bolsa, estava se perguntando se pediria a reposição do valor, mas assim teria de confessar que carregava grande quantia. No entanto, duzentos mil ienes eram demais. Então, quanto poderia declarar? De qualquer maneira, mesmo sendo dinheiro recebido do velho Arita, a economia era dela, e Miyako tinha direito de gastar como quisesse; no entanto, se explicasse que seria para custear o ingresso de seu irmão mais moço à universidade, ficaria mais fácil.

Desde que eram crianças, as pessoas diziam que Miyako devia ter trocado de sexo com o irmão Keisuke. No entanto, a partir do momento em que passou a viver à custa do velho Arita, ela se tornou preguiçosa e ficou mais suscetível, talvez por ter perdido os sonhos de futuro. Quando encontrou num livro a citação "Quem se preocupa com a beleza é a concubina, e não a esposa legítima", entristeceu-se a ponto de sentir a vista obscurecer, perdendo até o orgulho da própria beleza. Esse orgulho talvez vertesse com ímpeto quando era seguida por um homem. Mas ela sabia que a beleza não era a única razão por que os homens a perseguiam. Talvez fosse, como afirmou o velho Arita, pela natureza diabólica que ela irradiava.

— Mas é perigoso, não é? — disse o velho. — Existe o jogo infantil "pega-ogro[9]", mas ser perseguida por homens

---

9. Em japonês, *onigokko*. Mesmo jogo infantil conhecido no Brasil por "pega-pega".

tantas vezes assim não seria o mesmo que brincar de "pega-diabo"?

— Pode ser que seja isso — respondeu Miyako com humildade. — Quem sabe há uma espécie diferente entre os seres humanos, algo como o diabo, e que haja um mundo diabólico à parte.

— Está consciente disso? Que pessoa temerária você é! Vai se machucar! Devo alertá-la de que você não vai ter uma morte tranquila.

— Talvez meu irmão pressentisse algo assim. Ele é do tipo manso como uma menina, mas andou escrevendo uma carta de despedida.

— Por quê?

— Por um motivo insignificante. Só porque não pode ir para a mesma universidade que seu melhor amigo... Foi nesta primavera. Esse amigo, Mizuno, é de boa família e muito inteligente. Na ocasião dos exames vestibulares, ele chegou a propor ao meu irmão que, se fosse possível, lhe ensinaria e até lhe escreveria duas folhas de respostas. Meu irmão também não é mau estudante, mas é muito tímido e tinha medo de se sentir mal e desmaiar na sala de exames, e acabou realmente desmaiando. Ficou mais nervoso porque achava que, se fosse aprovado, não teria recursos para pagar a matrícula.

— Por que nunca me contou isso?

— Mesmo que lhe contasse, de nada adiantaria.

Depois de uma pausa, Miyako continuou:

— Mizuno não tinha problemas porque é inteligente, mas minha mãe gastou muito dinheiro para conseguir colocar meu irmão na universidade. Para comemorar o ingresso dele, eu o levei para jantar no parque Ueno e, depois, fomos ao zoológico apreciar a visão noturna das cerejeiras. Meu irmão, Mizuno e a namorada...

— Ah, sim?

— Essa namorada só tinha quinze anos... No zoológico, na noite em que fomos ver as cerejeiras, também fui seguida por um homem. Ele estava com a esposa e os filhos, mas largou a família e me seguiu.

O velho Arita parecia assombrado.

— Por que você se comporta dessa maneira?

— Eu me comporto...? Eu só estava tristonha porque tinha inveja de Mizuno e da namorada. Não é minha culpa.

— Não. Você é a culpada. Estava se divertindo.

— Não mesmo! Não estava me divertindo! Ouça, aquela vez em que perdi minha bolsa... então, fiquei com medo e bati no homem com ela. Pode ser que a tenha jogado com força para acertar nele. Estava tão fora de mim que não me recordo. Eu levava um dinheiro que é uma quantia enorme para mim. Pretendia dá-lo à minha mãe, que está em dificuldade porque recebeu um empréstimo de um amigo de meu pai para poder colocar o mano na universidade. Eu havia tirado o dinheiro do banco e estava voltando para casa.

— Quanto tinha?

— Cem mil ienes — sem querer, disse a metade do valor e se calou, suspendendo a respiração.

— Hum! Isso é bastante dinheiro. Quer dizer que esse homem ficou com ele?

No escuro, Miyako assentiu com a cabeça. Um rápido movimento de contração do ombro e a palpitação acelerada do coração teriam sido percebidos pelo velho Arita. Miyako, porém, sentia-se mais humilhada por ter dito a metade do valor. Era uma humilhação misturada com um terror incompreensível. A mão do velho acariciou-a com ternura. Ela compreendeu que ao menos a metade do valor estaria assegurada, mas as lágrimas voltaram a correr.

— Não precisa chorar. Mas, se continuar com isso, um dia vai acabar se envolvendo em grave incidente. O que diz a respeito desses casos, de ser seguida por homens, está cheio de contradições, não é? — ralhou com brandura.

O velho adormeceu com a cabeça apoiada no braço de Miyako, mas ela não conseguia conciliar o sono. A chuva continuou incessante. Ouvindo a respiração do velho Arita, não poderia imaginar sua idade. Miyako retirou o braço. Levantou com cuidado a cabeça dele com a outra mão, mas ele não acordou. O velho, apesar de ser misógamo, necessitava da proteção feminina e dormia em paz ao lado de uma mulher, o que parecia a Miyako uma contradição — usando a mesma expressão que havia pouco Arita usara —, e isso a fez sentir mais aversão ainda por si mesma. Sabia muito bem que o velho Arita tinha repulsa pelas mulheres, embora nunca o dissesse explicitamente. Quando estava na casa dos trinta anos, sua esposa se suicidara por causa do ciúme que tinha dele. Desde então, o horror a mulher ciumenta ficara gravado no fundo de sua mente. Assim, à menor demonstração de ciúme, ele se afastava da mulher e mantinha uma distância de mil *ri*.[10] Miyako não pretendia ter

---

10. 1 *ri* equivale a 3,93 quilômetros.

nenhum ciúme do velho Arita, parte por autoestima, parte por desesperança, mas, como era mulher, deixava escapar sem querer algumas palavras ciumentas, e o velho ficava com uma expressão de profundo desagrado, a ponto de deixar congelado o ciúme de Miyako. Nessas horas, ela ficava bastante desolada. Contudo, para que ele tivesse adquirido essa aversão às mulheres devia haver mais motivos além dos ciúmes delas. Também não seria por ele ter ficado velho demais. Por que sentiriam ciúme de alguém que não gostava de mulheres? Miyako ria desprezando a si mesma; no entanto, considerando a diferença de idade entre os dois, a própria questão de ele ser mulherengo ou não seria ridícula.

Lembrando do amigo de seu irmão e de sua namorada, Miyako sentiu inveja. Sabia por intermédio do irmão Keisuke que Mizuno tinha uma namorada chamada Machie, mas só a conheceu no dia em que comemoraram o ingresso dele e do amigo na universidade.

— Não há uma garota tão bonita e pura quanto ela — comentara Keisuke.

— Ter amante aos quinze anos é muito precoce, não é? Pensando bem, quinze anos hoje é o mesmo que dezessete anos da contagem antiga.[11] As mocinhas de agora têm muita sorte porque podem ter amante aos quinze —

---

11. Segundo a contagem antiga, o indivíduo ao nascer era considerado como se tivesse um ano de idade, e em cada 1º de janeiro passava a ter um ano a mais. A contagem ocidental fora introduzida em 1902, mas o costume permaneceu entre a população. E só foi adotada definitivamente a partir de 1950, com a promulgação de uma lei que aboliu a contagem antiga.

corrigiu-se Miyako, e continuou: — Mas você conhece a verdadeira pureza de uma mulher, Keitchan?[12] Tem de observar muito para saber.

— Entendo, sim!

— Diga então quais são as características da pureza da mulher.

— Não sei como dizer uma coisa dessas.

— Pensa que ela é pura porque a vê desse modo, não é?

— A mana também vai entender quando encontrar com ela.

— As mulheres são maldosas, não são ingênuas como pensa meu bonzinho Keitchan...

Talvez por se lembrar dessa conversa, Keisuke ficara muito mais corado e embaraçado do que o próprio Mizuno no dia em que Miyako encontrara Machie pela primeira vez. Miyako decidira marcar o encontro na casa de sua mãe, pois não podia receber os amigos do irmão na própria casa.

— Keitchan, eu também reconheço o valor daquela mocinha — disse Miyako, ajudando seu irmão a vestir o novo uniforme da universidade.

— Pois é. Opa! A meia ficou virada para trás. — Keisuke sentou no tatame, e Miyako sentou em frente a ele, espalhando a saia plissada azul-marinho. — A mana também vai abençoar Mizuno, não é? Foi para isso que eu disse a ele para trazer Machie.

— Sim, eu os abençoo.

---

12. Forma diminutiva de nome que começa com Kei.

Desconfiava de que Keisuke também amasse Machie, e sentia pena do tímido irmão.

— Na casa de Mizuno, os familiares estão totalmente contra essa união. Mandaram então uma carta aos pais de Machie... E na casa dela ficaram furiosos com o conteúdo da carta, que consideraram muito arrogante e agressivo. Hoje mesmo ela veio escondida da família — contou Keisuke com entusiasmo.

Machie vestia um modelo tipo marinheiro, muito próprio para uma colegial.[13] Trouxe um pequeno buquê de ervilhas-de-cheiro de presente para Keisuke pela ocasião. Miyako notou que o buquê fora colocado no vaso de vidro, sobre a mesa de Keisuke.

Miyako os convidara para irem a um restaurante chinês, com a intenção de apreciarem, no parque Ueno, as cerejeiras iluminadas à noite, mas o parque estava intransitável de tanta gente. Os pés de cerejeira pareciam exauridos, e também os ramos floridos não haviam crescido como era esperado. Apesar disso, iluminadas pela luz elétrica, as flores ganharam intensidade na cor e ficaram mais rosadas. Seria por ter uma natureza taciturna ou por estar intimidada na presença de Miyako que Machie falava pouco? Mesmo assim, contou que no jardim de sua casa as pétalas de cerejeira espalhadas sobre as azaleias bem aparadas ofereciam uma bela visão para quem acabasse de se levantar. Contou também que, quando vinham para a casa de Keisuke, viram, por entre as flores

---

13. Conjunto de blusa estilo marinheiro e saia pregueada: uniforme colegial feminino usado em todo o Japão.

da alameda de cerejeiras ao longo do fosso do palácio imperial, o sol se pondo, e ele se assemelhava à gema de um ovo meio cozido.

Quando desciam na penumbra a escadaria de pedra ao lado do pavilhão Kiyomizudo do templo Kan'eiji, onde se viam poucos passantes, Miyako contou para Machie:

— Acho que eu tinha três ou quatro anos... Lembro-me de que tinha dobrado os tsurus de papel e vim com mamãe até este templo para pendurá-los. Foi para pedir a cura da doença de papai.

Machie permaneceu calada, mas parou ao lado de Miyako no meio da escadaria de pedra, e juntas contemplaram o Kiyomizudo.

O amplo passeio central do parque, que terminava em frente ao museu, estava intransitável devido à multidão. Desviaram então em direção ao zoológico. Seguiram por um caminho pavimentado com lajes de pedra onde havia fogueiras, e que conduzia ao santuário Toshogu. Ao longo desse caminho, as cerejeiras floresciam abundantes, projetando-se sobre as lanternas de pedra enfileiradas nas laterais, que formavam silhuetas negras por causa das fogueiras. Nos espaços livres atrás das lanternas, vários grupos de visitantes formavam rodas em volta de velas acesas e faziam festas regadas a saquê.

Toda vez que um bêbado se aproximava a passos incertos, Mizuno se postava na frente de Machie para protegê-la. Keisuke fincava-se entre eles e o bêbado, um pouco afastado do casal. Miyako se apoiava no ombro de Keisuke, desviando do bêbado, e se admirava com o lado corajoso de seu irmão, que até então desconhecia.

Iluminado pela fogueira, o rosto de Machie flutuava ainda mais belo. A menina apertava os lábios com uma expressão grave, a cor de suas faces fazia pensar em uma santa donzela.

— Ah, minha irmã! — disse Machie, de repente, escondendo-se atrás de Miyako, quase se colando a ela.

— O que houve?

— Uma colega do colégio... Está com o pai dela. Moram bem perto de minha casa.

— Por que você se esconde? — perguntou Miyako, virando-se para olhar junto com ela, e, sem um propósito especial, segurou-lhe a mão. Não conseguia mais largá-la. Recomeçaram a caminhar. Miyako quase soltou um pequeno grito no instante em que tocou a mão de Machie. Que agradável sensação de toque, apesar de ambas serem mulheres! Não era apenas a suavidade da tez lisa e macia, parecia que a beleza da garota se infiltrava no coração de Miyako.

— Machie, você parece ser feliz. — Foi tudo que conseguiu dizer.

Ela meneou a cabeça.

— Mas por que não seria? — Surpresa, Miyako analisou o rosto da garota. Os olhos de Machie brilhavam intensamente à luz da fogueira. — Tem algum motivo para se sentir infeliz?

Machie se manteve calada e soltou a mão da outra. Miyako se perguntava quantos anos fazia que não andava de mãos dadas com alguém do mesmo sexo.

Nessa noite, o olhar de Miyako era mais atraído por Machie, pois ela já se encontrara várias vezes com Mizuno. Olhando-a, Miyako sentia uma tristeza como se desejasse ir embora para algum lugar distante. Caso tivesse cruzado com Machie na rua, ficaria observando por muito tempo sua silhueta se afastar. Talvez os homens seguissem Miyako movidos por uma emoção tão violenta quanto essa.

O ruído de uma louça caindo ou tombando na cozinha despertou Miyako do devaneio. Os ratos tornaram a aparecer essa noite. Miyako ficou indecisa se iria se levantar para inspecionar a cozinha. Não devia ser apenas um rato, talvez fossem uns três. Imaginando o corpo dos ratos molhados com a chuva persistente, Miyako levou a mão a seu cabelo ainda úmido e continuou pressionando-o, sentindo a frieza do contato.

O velho Arita se mexeu como se sentisse o peito oprimido. Contorcia-se de maneira violenta. Miyako afastou o corpo dele, franzindo o cenho, pois era comum o velho ter pesadelos, e ela estava acostumada. Como se fosse alguém prestes a morrer estrangulado, em forte movimento convulsivo, ele sacudiu o braço afastando algo e bateu com força no pescoço de Miyako. Continuou rosnando. Bem podia sacudi-lo para acordar, mas ela se mantinha rígida e imóvel, percebendo que nascia uma sensação cruel em seu íntimo.

— Aaai! Aaai!

Ainda sonhando, berrando e perscrutando o ar com os braços esticados, o velho buscava o corpo de Miyako. Às vezes, ele se acalmava sem acordar, desde que se agarrasse fortemente em Miyako. Mas dessa vez despertou com o próprio grito.

— Ah! — Sacudindo a cabeça, o velho se recostou, extenuado, em Miyako. Fingindo-se enternecida, ela abrandou

a rigidez do corpo. Como era sempre a mesma coisa, nem disse as palavras confortadoras que costumava dizer naquelas horas: "Estava tendo pesadelo. Foi um sonho assustador?"
Mas o velho perguntou, mostrando-se inseguro:
— Eu disse alguma coisa?
— Não disse nada. Só ficou gemendo.
— Ah, sim. Você ficou o tempo todo acordada?
— Sim. Fiquei.
— Ah, sim. Obrigado.
O velho puxou o braço de Miyako para baixo do seu pescoço.
— Na estação das chuvas é pior. Nem você consegue conciliar o sono por causa das chuvas — disse o velho, e acrescentou como se estivesse envergonhado: — Pensei que você tivesse acordado com meu grito.
— Mesmo que eu esteja dormindo, sempre acordo para cuidar do senhor, não é?
Os gritos do velho Arita chegavam a acordar Sachiko, que dormia no andar de baixo.
— Mamãe, mamãe, estou com medo. — Assustada, ela se agarrava a Tatsu. Esta segurava o ombro da filha, afastando-a, e dizia:
— Medo de quê? É o patrão. Quem está assustado é o patrão. É por causa desses pesadelos que ele não consegue dormir sozinho. Você sabe que o patrão quando viaja leva sempre a senhora e a trata com muito carinho. Se não sofresse disso... Não tem idade para ter mulher a seu lado, não é? Só está tendo sonhos maus, você não precisa ficar com medo.

3

    Seis ou sete crianças brincavam na ladeira. Deviam estar retornando do jardim de infância, pois não tinham idade para ingressar na escola primária. Duas ou três delas seguravam um pedaço de pau; quem não tinha, fazia de conta que segurava um, e inclinando-se para frente imitava apoiar-se numa bengala.

    — Velhinhos e velhinhas, descadeirados... Velhinhos e velhinhas, descadeirados... — cantavam animadas, andando cambaleantes. Não diziam outras palavras, repetiam essas infinitamente. Qual seria a graça da brincadeira? Em vez de se divertirem, pareciam compenetradas, como se estivessem encantadas com os próprios atos. Aos poucos, os gestos iam ficando amplos e exagerados. Uma das garotinhas excedeu no cambaleio e tombou.

    — Uaaah! Ai, ai, ai! — A garotinha esfregou os quadris como se fosse uma velha, e levantou, reintegrando-se ao coro:

    — Velhinhos e velhinhas, descadeirados...

A ladeira terminava numa encosta do dique, onde crescia relva nova e havia alguns pinheiros espalhados de forma irregular. Os pinheiros não eram grandes, mas ostentavam belos galhos, que lembravam quadros antigos dos *fusuma*[14] ou dos biombos, pairando contra o céu do anoitecer da primavera.

No meio da ladeira, as crianças subiam cambaleantes em direção ao céu crepuscular. Brincavam à vontade porque quase nunca passavam carros que ameaçassem sua segurança, e também eram raros os transeuntes. Nos bairros residenciais de Tóquio, às vezes se encontra um lugar como esse.

Nesse momento, além das crianças, só uma garota subia a ladeira, puxava um cão de raça shiba pela coleira. Ou melhor, havia mais uma pessoa: Ginpei Momoi, que a seguia. Mas Ginpei, absorto em seguir a garota, esquecia-se de si por completo, por isso não se tinha certeza de que poderia ser contado como uma pessoa.

A garota caminhava pela lateral da rua à sombra das folhas dos ginkgos enfileirados. A aleia e a calçada de pedestres ficavam no mesmo lado da rua. No outro lado, um muro de pedras se erguia direto do asfalto. Era o muro de uma mansão com um imenso jardim e se estendia de alto a baixo de toda a ladeira. Antes da Segunda Guerra, o lado em que havia a aleia fora uma mansão de um nobre, e o terreno era amplo e profundo. Junto à calçada havia uma vala bastante profunda, e as paredes de pedras sobrepostas protegiam as margens. Seria uma imitação em tamanho reduzido do fosso de um castelo medieval. O terreno além da vala elevava-se em pequeno aclive e havia pinheiros-anões. Notavam-se nessas árvores os resquícios

---

14. Portas de correr forradas de papel resistente que separam os aposentos de uma construção japonesa.

dos cuidados caprichosos de antigamente. Acima do agrupamento de pinheiros-anões via-se um muro branco, não muito alto, cujo telhado era cor de chumbo. Os ginkgos da aleia cresciam altos, mas as folhas miúdas recém-brotadas não chegavam a ser excessivas. Por serem ainda esparsas, as folhas filtravam os raios de sol fortes ou suaves do entardecer de acordo com a altura ou a direção dos ramos, e espalhava-se sobre a garota uma luz verde e juvenil.

A garota usava um suéter branco tricotado e uma calça cinza de algodão grosso com aparência gasta. Dobrava as bainhas, deixando à mostra o vistoso xadrez vermelho do avesso. Seus tornozelos brancos apareciam entre a calça, que ela usava curta, e os sapatos esportivos de lona. O cabelo estava preso descuidadamente, e as pontas, soltas, expunham as linhas das orelhas ao pescoço alvo e belo. Como o cachorro puxasse a coleira, os ombros da garota estavam inclinados. A sensualidade quase milagrosa da menina prendia Ginpei, não o abandonando nem por um instante. Só pela cor da sua pele, que aparecia nos espaços entre as dobras em xadrez vermelho e a lona branca dos sapatos, Ginpei sentia o peito oprimido pela tristeza, a ponto de querer morrer ou matar a garota.

Lembrou-se da prima Yayoi da sua infância, na terra natal, e também de Hisako Tamaki, sua antiga aluna; nesse momento, porém, achava que aquelas nem chegavam aos pés desta garota. Yayoi tinha a tez alva, mas a pele não era brilhante. Hisako tinha a tez morena e luminosa, mas sua cor era opaca. Não tinham um aroma celestial como o desta garota. Além disso, comparando com a época de meninice, quando brincava com Yayoi, ou com a de professor, quando se aproximara de Hisako, o Ginpei de agora estava decaído e carregava um coração destruído. Era um entardecer de primavera; Ginpei, no entanto, sentia as pálpebras exauridas e lacrimejantes como se estivesse exposto ao vento frio e cortante, e ficou ofegante com a pequena subida da ladeira. Sentindo as pernas pesadas e dormentes abaixo dos joelhos, não conseguia alcançar a garota. Ainda não vira seu rosto. Queria ao menos caminhar a seu lado até acabar a ladeira e conversar sobre o cachorro; era a única chance para isso, mas não acreditava que houvesse essa oportunidade.

Enquanto caminhava, Ginpei abriu a mão direita e a sacudiu. Tinha esse hábito quando encorajava a si mesmo, mas sentiu então reviver o momento em que segurava o cadáver do rato ainda morno, de olhos saltados e pingando sangue pela boca. Era o rato que fora pego por um terrier japonês da casa de Yayoi, situada à margem do lago. Ainda com o rato na boca, o cachorro parecia não saber o que fazer e continuava parado; mas, quando a mãe de Yayoi disse algo e lhe deu uma pancadinha na cabeça, o animal largou docilmente a presa. Porém, ao ver o rato cair no soalho de madeira, o cachorro ia saltar outra vez para pegá-lo; Yayoi então abraçou seu cão, levantando-o, e procurou acalmá-lo.

— Está bem, está bem. Você é valente, bem valente.
— E ordenou a Ginpei: — Gintchan, tire esse rato daqui!

Ginpei pegou o rato às pressas e viu na tábua do soalho uma gota de sangue que pingara da boca do bicho. A mornidão do corpo do pequeno animal o deixou arrepiado. Apesar de estarem saltados, os olhos do rato eram mimosos.

— Vá logo jogar fora esse rato!
— Onde...?
— É melhor no lago.

Na margem do lago, Ginpei segurou o rato pelo rabo e o atirou com toda a força. Ouviu, na escuridão da noite, um barulho solitário de água. E fugiu dali correndo a toda para casa. Sentia raiva ao pensar que Yayoi não passava da filha do irmão mais velho de sua mãe. Ginpei tinha doze ou treze anos. Sonhou com ratos que o assustavam.

Uma vez que apanhara o rato, isso se tornou uma mania, e o terrier montava guarda na cozinha todos os dias. Quando alguém lhe dizia algo, não importando o que fosse, o terrier entendia rato e corria direto à cozinha. Sempre que se sentia sua falta é porque estava num canto da cozinha. O cão, no entanto, não tinha a habilidade de um gato. Quando via o rato sair do armário e subir pelo pilar, latia enlouquecido. Parecia que fora possuído pelo rato e, se continuasse assim, acabaria neurótico. Ginpei sentia ódio do cachorro, do qual até a cor dos olhos se alterava. Um dia, Ginpei pegou uma agulha de costura com uma linha vermelha da caixa de Yayoi e aguardava a oportunidade de transpassar a orelha fina do terrier. O ideal seria o dia em que fosse embora da casa. Aconteceria um rebuliço e, ao perceberem a linha vermelha com uma agulha na orelha do cão, talvez desconfiassem de Yayoi. Mas, quando ele espetou a agulha na orelha do cão, o animal fugiu gritando, e ele não conseguiu realizar seu intento. Guardou então a agulha no bolso e voltou para casa. Desenhou Yayoi e o cão numa folha de papel, costurou a folha com a linha vermelha e guardou tudo numa gaveta de sua mesa.

Pensando em conversar sobre cães com a garota que subia a ladeira com um cachorro, Ginpei se lembrou daquele terrier que pegara o rato. Ele não gostava de cães e não tinha uma história agradável sobre eles, e até esse shiba que a menina trazia parecia querer mordê-lo caso se aproximasse. Mas era óbvio que não era por causa do cachorro que Ginpei não conseguia alcançar a garota.

Enquanto andava, a garota se inclinou e soltou a correia da coleira do cachorro. Livre, o cão correu para a frente, e depois retornou correndo na direção da garota, mas passou por ela sem parar e voou para os pés de Ginpei. Cheirou os sapatos dele.

— Uaaah!

Gritando, Ginpei dava pulos.

— Fuku! Fuku! — A menina chamou o cachorro.

— Uaaah! Me acuda!

— Fuku! Fuku!

Ginpei estava branco como um papel. O cachorro voltou para junto da garota.

— Ufa! Que susto! — Ginpei cambaleou e se agachou. Fez uma cena exagerada com a intenção de chamar a atenção da garota, mas sentia vertigem de verdade e fechou os olhos. O coração palpitava com violência e sentia ânsia de vômito. Apertava a testa com a mão, e abriu um pouco os olhos para espiar. A garota prendeu o cachorro com a correia e subiu a ladeira sem olhar para trás. Ginpei sentiu as vísceras ferverem de tanta humilhação. Acreditou que aquele cão cheirou seus sapatos sabendo da feiura de seus pés.

— Que diabo! Vou costurar também a orelha desse danado! — murmurou, e subiu a ladeira correndo. Mas a força de sua ira o abandonou antes mesmo de alcançar a garota.

— Senhorita! — chamou com uma voz rouca.

O rabo do cabelo da garota balançou quando ela girou o pescoço para olhar para trás, e o rosto pálido de Ginpei pegou fogo deslumbrado pela beleza da nuca.

— Senhorita, que bonito cachorro. Qual é a raça dele?

— É shiba.

— Shiba de que região?

— De Koshu.[15]

— O cão é seu? Costuma passear com ele todos os dias no mesmo horário?

— Sim.

— Passeia sempre por esta rua?

A garota não respondeu, mas não parecia desconfiar de Ginpei. Ele se voltou e olhou para a parte baixa da ladeira. Qual seria a casa da garota? Seu lar feliz e em paz talvez pudesse ser visto através das folhas novas das árvores.

— Este cachorro pega ratos?

A garota nem sorriu.

— Eu sei que é o gato quem pega ratos. Cachorros não pegam ratos. Mas alguns cachorros os pegam, sabe? Um que eu tinha em casa, antigamente, costumava pegar ratos.

A garota nem se deu o trabalho de olhar para Ginpei.

— Como cão é diferente de gato, o meu só pegava os ratos, não os comia. Eu ainda era criança e detestava a tarefa de jogar fora os ratos mortos.

---

15. Nome antigo de parte da atual província de Yamanashi.

Estava consciente de que contava uma história repugnante, relembrando o aspecto de cadáver de um rato com o sangue pingando da boca, onde apareciam as pontas dos dentes brancos firmemente apertados.

— Era da raça terrier japonês, tinha as pernas finas e tortas, sempre trêmulas, e eu não gostava dele. Sei que há muitos tipos diferentes, tanto de cão quanto de ser humano, não é? Este que passeia agora com a senhorita deve ser feliz!

Como se tivesse esquecido o medo de há pouco, Ginpei se abaixou e fez menção de passar a mão no dorso do cachorro. Rapidamente, a garota trocou a mão que segurava a correia, da direita para a esquerda, e afastou o animal da mão de Ginpei. Olhando o deslocamento do cão dentro de seu campo visual, Ginpei mal conseguia reprimir o impulso de abraçar as pernas da garota. Todos os dias, ao entardecer, a garota devia caminhar nessa ladeira, na sombra da aleia de ginkgo. De repente, passou-lhe pela mente a esperança de ver a garota escondendo-se na parte alta da encosta do dique, e refreou o ato de loucura. Sentiu-se aliviado. Era uma sensação de frescor como se estivesse deitado, nu, na relva primaveril. Ele poderia ver do alto da encosta do dique a garota subindo, eternamente, em sua direção. Que suprema felicidade!

— Perdoe-me. Ele é tão bonitinho, eu também gosto de cachorros... Só que detesto cachorro que pega rato.

A garota não expressou nenhuma reação. A ladeira terminava na encosta do dique, e ela e o cão subiam pisando a relva primaveril. Do outro lado da encosta, um estudante se levantou e se aproximou da menina. Ginpei sentiu vertigem, tão surpreso ficou ao vê-la estender a mão e segurar a do rapaz. O passeio com o cachorro era então um pretexto para a garota se encontrar com o namorado.

Ele se deu conta de que os olhos negros da garota brilhavam úmidos de amor. Em sua cabeça entorpecida pelo repentino choque, os olhos dela começaram a parecer um lago negro. Sentiu, ao mesmo tempo, um estranho desejo e o desespero de nadar dentro desses olhos límpidos, nadar nu nesse lago negro. Foi andando cabisbaixo e, depois de alcançar o alto da encosta, deitou-se na relva e olhou para o céu.

O estudante era Mizuno, o amigo do irmão de Miyako; e a garota, Machie. Isso aconteceu cerca de dez dias antes daquela noite em que Miyako convidara Machie para comemorar o ingresso de seu irmão e de Mizuno na universidade e apreciarem as cerejeiras iluminadas.

Mizuno também achava encantador aquele brilho molhado dos olhos negros; parecia que as pupilas negras tinham se ampliado e preenchido os olhos. Mizuno os mirava fascinado, como se fosse tragado por eles.

— Eu gostaria de ver seus olhos de manhã, quando você acorda e os abre — disse ele.

— E como estariam meus olhos? — indagou Machie.
— Com certeza inchados e sonolentos.

— Não creio que fiquem assim — Mizuno não acreditava. — Logo que acordo, sinto vontade de encontrar você.

Machie acenou com a cabeça.

— Até agora eu podia vê-la no colégio duas horas depois de acordar.

— Nós falamos nisso uma vez: duas horas depois de acordar. Aí, quando eu acordava de manhã, também passei a pensar que seria dentro de duas horas.

— Então, não deve estar com os olhos sonolentos.

— Como vou saber?

— O Japão é um país maravilhoso, pois tem alguém com olhos tão negros.

Esses olhos intensamente negros destacavam ainda mais a beleza das sobrancelhas e dos lábios. Também seus cabelos, que refletiam a cor dos olhos, pareciam ter ganhado ainda mais brilho.

— Você saiu de casa dizendo que ia passear com o cachorro? — perguntou Mizuno.

— Eu não disse. Mas trouxe o cachorro, e vão pensar isso também devido à minha roupa.

— Vai ser arriscado nos encontrarmos perto de sua casa.

— Sinto-me mal enganando minha família. Se não tivesse cachorro, não poderia sair, e mesmo que saísse voltaria para casa com uma cara suspeita. E aí logo descobririam a verdade. Mas sua família também está radicalmente contra, até mais do que a minha, não é?

— Vamos mudar de assunto? Você e eu viemos de nossas casas e voltaremos para elas; então, não vale a pena ficarmos pensando sobre isso. Como você saiu para passear com o cachorro, não pode demorar muito aqui, não é?

Machie fez que sim com a cabeça. Os dois se sentaram na relva. Mizuno pegou o cão de Machie no colo.

— Fuku já se acostumou com você, Mizuno.

— Se o cachorro pudesse falar, ele contaria sobre nós dois em sua casa, e então não poderíamos mais nos encontrar.

— Mesmo que não pudéssemos mais nos encontrar, eu continuaria esperando por você, Mizuno. Vou fazer de tudo para entrar na mesma universidade em que você entrou. Então, voltarão a ser duas horas depois de acordarmos, não é assim?

— Duas horas depois... hein? — murmurou Mizuno.

— Um dia não será mais necessário esperar duas horas. Estou certo disso.

— Minha mãe acha que sou nova demais e não acredita em nós. Mas eu me sinto feliz porque sou jovem. Queria tê-lo conhecido muito mais cedo, quando era pequena. Podia ter sido no tempo do ginásio ou até da escola primária; mesmo que fosse bem pequena, tenho certeza de que iria gostar de você logo que o conhecesse. Quando eu era bebê, subiam esta ladeira comigo nas costas para eu brincar no alto do dique. Você passou por esta ladeira quando era criança, Mizuno?

— Acho que nunca passei.

— Ah, não? Eu pensei muitas vezes que talvez tivéssemos nos encontrado nesta ladeira quando eu era bebê. Quem sabe eu fiquei tão apaixonada por você por causa disso...

— Pena que eu não passei por esta ladeira quando era criança.

— Quando eu era criança e passava por esta ladeira, muitas vezes pessoas desconhecidas me pegavam no colo porque me achavam bonitinha. Meus olhos eram muito mais graúdos e redondos — contava Machie, dirigindo seus grandes olhos negros para Mizuno.

Fez uma pausa e continuou:

— Você sabe que seguindo para a direita da base da ladeira há um fosso, e que lá alugam botes, não é? Pois bem. Dias atrás, quando da formatura dos cursos ginasiais, eu passeava com meu cachorro e vi muitos botes com garotos e garotas que pareciam ter acabado de sair do ginásio, pois seguravam o rolo do diploma. Pensando que eles remavam para terem uma recordação antes de se despedirem, eu sentia inveja deles. Algumas meninas que tinham também o diploma na mão estavam recostadas na balaustrada da ponte e olhavam para os botes. Quando me formei no ginásio, eu ainda não o conhecia. Você ficava se divertindo com outras meninas, não é?

— Eu não ficava me divertindo com meninas.

— Tem certeza...? — Machie inclinou a cabeça em dúvida. — Antes que a temperatura da água suba e os botes sejam colocados, a superfície do fosso fica congelada e vêm muitos patos selvagens. Lembro-me de que eu ficava pensando se os patos sentiriam mais frio no gelo ou na água. Me contaram que eles se refugiam aqui durante o dia por causa da caça aos patos selvagens, e ao anoitecer retornam para lagos ou montanhas no interior...

— Ah, é?

— Vi também as bandeiras vermelhas do *May Day* passando no outro lado, naquela avenida onde passam bondes. Estavam nascendo brotos novos nos pés de ginkgo, e, no meio desses verdes, eu via as bandeiras vermelhas em marcha. Eu achava muito bonito.

O fosso ao pé da encosta onde eles estavam fora aterrado e, no final da tarde e à noite, funcionava ali um campo de golfe. Na avenida onde passavam bondes, havia uma aleia de ginkgo, cujos troncos escuros apareciam por baixo das folhas jovens. Acima dessa paisagem, o céu do crepúsculo começava a ser coberto pela neblina rosada. Com as mãos, Mizuno cobriu a de Machie, que acariciava a cabeça do cão em seu colo.

— Enquanto esperava por você aqui, Machie, eu sentia como se estivesse ouvindo uma música tranquila tocada num acordeão. Fiquei deitado, de olhos fechados.

— Que música era?

— Bem. Parecia o Hino Nacional...

— O Hino Nacional? — Machie ficou espantada e se aproximou mais de Mizuno. — Por que o Hino Nacional? Você nem chegou a entrar no Exército.

— Talvez porque ouço sempre o Hino Nacional no fim da noite.[16]

— E todas as noites eu digo: "Querido Mizuno, durma bem."

Machie não contou nada para Mizuno sobre Ginpei. Ela nem chegou a sentir que fora abordada por um homem estranho. Já tinha esquecido. Se olhasse para os lados, poderia notar Ginpei deitado na relva, mas mesmo que o visse não reconheceria o homem que lhe abordara havia pouco. Por sua vez, Ginpei não conseguia desviar os olhos dos dois. O frio da terra penetrava suas costas. Era um período

---

16. Todo fim de noite, o Hino Nacional era tocado no encerramento da transmissão radiofônica do canal oficial NHK.

em que se devia usar algo entre o sobretudo de inverno e o de meia-estação, mas Ginpei não usava agasalho nenhum. Ele mudou a posição do corpo e se virou para onde estavam Mizuno e Machie. Em vez de sentir inveja da felicidade dos jovens, tinha vontade de amaldiçoá-los. Manteve os olhos fechados por algum tempo, e surgiu uma visão em que os amantes, sobre intensas labaredas, iam se escoando balouçantes na superfície da água. Achou que era uma visão profética de que a felicidade deles não duraria por muito tempo.

— Gintchan, acho a titia tão bonita. — Ginpei ouvia a voz de Yayoi. Estavam sentados lado a lado na margem do lago, sob a cerejeira silvestre florida. A silhueta da cerejeira refletia na água e se ouviam os gorjeios dos passarinhos. — Gosto de ver os dentes da titia, a gente consegue vê-los quando ela fala.

Estaria Yayoi achando estranho o fato de uma mulher tão bela ter se casado com um homem feio como o pai de Ginpei?

— Meu pai só tem uma irmã, a sua mãe, como você sabe. Já que seu pai morreu, a titia poderia voltar para casa junto com Gintchan. Meu pai disse isso.

— Eu não quero! — disse Ginpei, corando.

Não queria. Ou porque tinha medo de perder sua mãe, ou porque a ideia de viver na mesma casa com Yayoi o encabulasse; talvez por ambos os motivos.

Naquela época, além da mãe, viviam na casa de Ginpei os avós e a irmã mais velha do pai dele, que se divorciara e voltara para a casa paterna. O pai de Ginpei morrera no lago quando o filho tinha onze anos na contagem antiga.

Comentavam que, como ele tinha um ferimento na cabeça, teria sido assassinado e jogado no lago. Depois se constatou, porém, que ele morrera afogado, pois havia ingerido água, mas talvez tivesse brigado com alguém na margem e sido empurrado até o lago. Na casa de Yayoi odiavam esse fato e reclamavam, achando que o pai de Ginpei havia tido o trabalho de ir até a aldeia natal da esposa e se suicidado a fim de insinuar algo. Ginpei, com onze anos, tomara a firme decisão de descobrir o criminoso, caso o pai tivesse sido mesmo assassinado. Muitas vezes, ia à aldeia natal de sua mãe e se escondia no meio das moitas de lespedeza, nas imediações de onde retiraram da água o cadáver do pai, e ficava observando as pessoas que transitavam ali. Pensava que o homem que matara seu pai não conseguiria passar ali de alma serena. Uma vez, um homem puxando um boi passou naquele local e o boi se embraveceu. Ginpei ficou com a respiração suspensa. Em outra ocasião, a lespedeza branca estava florida. Ginpei colheu um ramo dessa flor e voltou para casa, guardou-o entre as páginas de um livro e jurou vingança.

— A mamãe também não quer voltar! — disse para Yayoi, com ênfase na voz. — Foi aqui que o papai foi morto!

Yayoi ficou espantada ao ver o rosto de Ginpei, que se tornara branco como uma folha de papel.

Ela ainda não lhe contara os rumores que corriam na aldeia, de que o fantasma do pai dele aparecia nas margens do lago. Dizia-se que quem passava no local, ou nas proximidades de onde o homem morrera, ouvia passos que o seguiam. Se olhava para trás, no entanto, não via ninguém. Se fugisse correndo, os passos acabariam se distanciando, já que o fantasma não conseguia correr.

Até os cantos dos passarinhos pousados na cerejeira silvestre lembravam a Yayoi os passos do fantasma.

— Gintchan, vamos embora. As flores refletidas na água me dão medo.

— Não tem motivo para ter medo.

— Você não está olhando direito, Gintchan.

— Não acha bonito?

Ginpei segurou a mão de Yayoi, que se levantava, e a puxou com força para si. Yayoi tombou sobre ele.

— Gintchan! — gritou Yayoi, e correu numa fuga desabalada; as bainhas de seu quimono flutuaram desordenadamente. Ginpei a perseguiu. Yayoi parou com a respiração arfante e, de repente, abraçou os ombros de Ginpei.

— Gintchan! Venha com a titia para nossa casa.

— Eu não quero! — disse Ginpei, abraçando-a com força. Lágrimas escorreram dos olhos dele. Yayoi o contemplava com um olhar incerto, como se estivesse envolvido em névoa. Depois de algum tempo, ela disse:

— Eu ouvi a titia dizer para o meu pai que, se continuasse num lugar como aquela casa, ela também acabaria morrendo.

Aquela foi a única vez que Ginpei e Yayoi se abraçaram.

A casa de Yayoi, também casa da mãe de Ginpei, era conhecida por ser de uma família tradicional desde os tempos remotos. Por quê, então, fora consentido o matrimônio da filha com Ginpei, de família socialmente muito inferior? Foi porque acontecera algo com sua mãe? A dúvida surgiu em Ginpei alguns anos depois da morte de seu pai.

Nessa época, a mãe já retornara à casa paterna, deixando o filho. Enquanto Ginpei estudava em Tóquio e passava dificuldades financeiras, sua mãe, que sofria de tuberculose, faleceu na aldeia natal; cessou a módica quantia que ela mandava para cobrir as despesas do filho. Nesse ínterim, o avô também morrera, e na casa de Ginpei ficaram apenas a avó e a tia. Ginpei soube depois que a tia conseguira reaver a guarda de uma das filhas que tivera no casamento, mas havia muitos anos que não buscava notícias de sua terra e, portanto, não sabia se essa filha casara.

Ao comparar o Ginpei que seguiu Machie e estava deitado sobre a relva com aquele que se escondia na moita de lespedeza na margem do lago da aldeia de Yayoi, achou que não mudara muito. A mesma tristeza fluía dentro dele. Contudo, já não pensava com seriedade em vingar o pai. Mesmo que houvesse um assassino, já seria um velho. Caso um velho decrépito tivesse conseguido descobrir o paradeiro de Ginpei e viesse confessar o assassinato, Ginpei se sentiria libertado, como se o diabo o tivesse deixado? Voltaria a ter juventude, como esses dois que estão num encontro secreto? As flores da cerejeira silvestre refletidas na água do lago da aldeia de Yayoi surgiram com nitidez na mente de Ginpei. Sem nenhuma onda para enrugar a superfície, o lago era um imenso espelho. Ginpei fechou os olhos e se lembrou do rosto de sua mãe.

Nisso, a menina que passeava com o shiba desceu a encosta do dique, e, quando Ginpei abriu os olhos, o estudante estava em pé lá no alto, acompanhando-a com o olhar. Ginpei se levantou de um pulo e também acompanhou com o olhar a menina descendo a ladeira. A sombra do anoitecer estava se tornando mais densa nas folhas dos ginkgos. Apesar de não haver ninguém além deles, a menina não se voltou para trás. O cão que ia à frente puxava a correia, ansioso em voltar para casa. Os passos miúdos e ligeiros da menina eram atraentes. Pensando no entardecer do dia seguinte, em que, sem dúvida, a menina viria subindo por essa ladeira, Ginpei começou a assobiar. Foi andando em direção a Mizuno, que continuava parado. Mesmo quando o rapaz reparou nele, Ginpei não parou de assobiar.

— Está se divertindo, hein? — disse Ginpei para Mizuno. Este virou o rosto para o outro lado. — Eu disse: "Está se divertindo, hein?"

Mizuno franziu o cenho e olhou para ele.

— Ora, não faça cara feia, sente-se aqui para conversarmos. Sou um tipo que, se encontra uma pessoa feliz, inveja-lhe um pouco a felicidade. Só isso.

Mizuno voltou as costas e ia se afastar.

— Ei! Não tem por que fugir. Estou dizendo para conversarmos — disse Ginpei. Mizuno se voltou para ele.

— Não estou fugindo. Eu não tenho nada com o senhor.

— Está me confundindo com um chantagista? Tudo bem, sente-se.

Mizuno continuou em pé.

— Achei sua namorada linda. Isso é crime? É uma menina realmente bela. Você é um felizardo.

— E o que o senhor tem com isso?

— Quero conversar com o felizardo. Para dizer a verdade, eu estava seguindo sua garota porque a achei linda demais. Fiquei surpreso pelo fato de ela ter vindo se encontrar com você.

Mizuno também se mostrou surpreso e olhou para Ginpei, mas fez menção de se afastar.

— Ora, vamos conversar. — Pôs a mão no ombro dele por trás, mas Mizuno deu-lhe um empurrão com força.

— Imbecil!

Ginpei rolou encosta abaixo. Bateu no asfalto da rua e ficou estendido, ao que parecia machucara o ombro direito. Sentou-se no asfalto de pernas cruzadas e logo se levantou, apertando o ombro. Subiu a encosta até o alto do dique. O outro não estava mais lá. Sentou-se ofegante, sentindo o peito comprimido; e, com cautela, deitou-se de bruços.

Ginpei não compreendia a razão de ter se aproximado do estudante para falar com ele depois que a menina foi embora. Enquanto foi andando e assobiando, acreditava que não havia maldade. Era sincera a intenção de querer conversar com o estudante a respeito da beleza da menina. Desde que o rapaz mantivesse uma atitude serena, teria sido possível falar com ele e lhe mostrar a beleza da garota, que ele talvez ainda não tivesse percebido. Porém, o abordara com sarcasmo:

— Está se divertindo, hein?

Foi um erro. Devia ter dito qualquer outra coisa. No entanto, Ginpei tinha vontade de chorar ao reconhecer que rolar encosta abaixo com um único empurrão do estudante era uma prova de que ele perdera força física e seu organismo havia enfraquecido. Agarrando com a mão os capins novos da relva e alisando o ombro dolorido com a outra, Ginpei estreitou os olhos e contemplou o embaçado céu rosado do crepúsculo.

"A partir de amanhã, aquela menina não voltará mais para essa ladeira com o cão. A partir de amanhã... não, o estudante talvez não tenha como avisá-la. Portanto, amanhã, como antes, ela deve subir a ladeira de ginkgo. Mas eu não poderia ficar na ladeira nem na encosta do dique, pois o estudante me reconheceria." Ginpei examinou a região ao redor da encosta, procurando um lugar em que pudesse se esconder, mas não encontrou. A figura da menina de suéter branco e de calças com as bainhas dobradas, que deixavam aparecer o xadrez vermelho do avesso, foi se distanciando dentro da cabeça dele. Parecia que o céu cor-de-rosa tingia a cabeça de Ginpei.

— Hisako! Hisako! — Numa voz rouca, Ginpei chamou o nome de Hisako Tamaki.

Quando estava no táxi para ir ao encontro de Hisako, Ginpei notou que o céu da cidade estava com uma tonalidade rosada. Eram cerca de três horas da tarde; portanto, o sol não estava se pondo. Através do vidro da janela de trás do veículo, a cidade tinha um tom levemente azulado, mas o céu visto pela janela do motorista, cujo vidro estava abaixado, tinha uma cor diferente.

— O céu está um pouco rosado? — perguntara Ginpei, avançando o corpo para o lado do ombro do taxista.

— Parece — respondeu de modo desinteressado.

— Não acha que está rosado? Por quê? Será a minha vista?

— Não é a sua vista.

Ginpei se inclinou para a frente e percebeu o cheiro da roupa velha do taxista.

Desde aquela ocasião, sempre que tomava um táxi, Ginpei não podia deixar de sentir o mundo de duas maneiras: cor-de-rosa pálido e levemente azulado. O que se via através do vidro fechado do passageiro ganhava um tom azulado; e, pela janela do motorista com o vidro abaixado, uma cor rosa. Era apenas isso, mas parecia a Ginpei que ele fora levado a acreditar que, na realidade, tanto o céu como os prédios, as ruas e até os troncos das árvores das alamedas eram cor-de-rosa, uma cor até então inesperada. Na primavera ou no outono, a maioria dos carros mantém fechadas as janelas dos passageiros e aberta a do motorista. Ginpei não tinha condições de pegar táxi para ir a qualquer lugar, mas sempre que se deslocava de carro as impressões que ele captava se acumulavam.

Desse modo, acabou adquirindo o hábito de pensar o mundo do motorista com uma cor rosa quente e agradável e o do passageiro em um azul frio. O passageiro significava ele próprio. Era óbvio que o mundo visto através do vidro era mais límpido. Talvez ficassem com uma cor rosa pálida porque o céu e a cidade de Tóquio estivessem cobertos de poeira estagnada. Muitas vezes, Ginpei olhava o mundo cor-de-rosa avançando o corpo para a frente e apoiando os cotovelos no encosto do taxista, e começava a ficar irritado com a mornidão daquele ar turvo. E sentia uma vontade de agarrar o taxista: "Ei, você!"

Seria um sinal de protesto ou desafio, mas se avançasse para agarrar o taxista já seria um louco. Todavia, mesmo que Ginpei chegasse bem perto das costas dos motoristas com um olhar inquietante, eles nunca se demonstrariam assustados, pois enquanto era possível ver a cidade e o céu com uma cor rosa ainda era dia claro.

Na realidade, não havia razão para ficarem assustados. A primeira vez que notou os mundos em cor-de-rosa pálido e em azul claro pela mágica do vidro da janela dos táxis, Ginpei estava indo se encontrar com Hisako, e avançar o corpo para os lados do ombro do motorista era sua postura costumeira quando ia vê-la. Nessas ocasiões, Ginpei sempre pensava em Hisako. Com o tempo, passou a sentir no cheiro da roupa velha do motorista o aroma das vestes de sarja azul-marinho de Hisako; e, depois disso, ele sentia o aroma dela em todos os motoristas, mesmo que estivessem com roupas novas.

Quando viu pela primeira vez o céu cor-de-rosa, Ginpei já tinha sido demitido de seu cargo de professor, e Hisako havia trocado de colégio. Estavam se encontrando secretamente. Temendo que isso viesse a acontecer, Ginpei lhe sussurrara:

— Não conte nada à senhorita Onda. É um segredo só nosso...

Hisako ruborizou como se estivessem no local secreto do encontro.

— O segredo é doce e divertido enquanto é mantido, mas uma vez vazado passa a ser um terrível diabo, violento e vingador.

Hisako sorriu, formando covinhas nas bochechas, e encarou Ginpei levantando apenas o olhar. Estavam na extremidade do corredor das salas de aula. No pátio, uma menina pulou no ramo da cerejeira com folhas novas, e se balançava como se estivesse se pendurando numa barra de ferro. O ramo sacudia tanto que quase se pôde ouvir o atrito das folhas através das janelas de vidro do corredor.

— Não existe aliado nos casos de amor, entendeu? Até sua amiga Onda agora é inimiga. Ela é um olho do mundo, um ouvido do mundo.

— Mas talvez eu conte apenas para ela.

— Não! — Assustado, Ginpei olhou ao redor.

— É que me sinto angustiada. Se Onda viesse me consolar, perguntando "O que você tem, Hisako?", eu não poderia continuar escondendo a verdade.

— Que necessidade você tem do consolo da amiga? — Ginpei elevou a voz.

— Se olhar para o rosto dela, tenho certeza de que vou chorar. Ontem, voltei para casa e foi difícil arranjar água gelada para aplicar nos olhos inchados de tanto chorar. Se fosse verão, teria gelo na geladeira...

— Você é despreocupada demais...

— É que não consigo aguentar.

— Deixe-me ver seus olhos.

Obediente, Hisako levantou os olhos, mais para serem examinados do que para olhar Ginpei. Sentindo a pele da moça, ele se calou.

Antes que a relação com Hisako chegasse ao ponto em que estava, o próprio Ginpei pensara em conversar com Nobuko Onda para saber os detalhes íntimos da família de Hisako, pois esta dizia que contava tudo para a amiga.

No entanto, Onda tinha algo que deixava Ginpei receoso de se aproximar. Parecia que, caso perguntasse a respeito de Hisako, ela desvendaria as verdadeiras intenções de Ginpei. Onda era uma aluna que tirava sempre notas altas, mas parecia ter uma personalidade forte. Certa vez, na aula, Ginpei lera um trecho de *Sobre a relação social entre homens e mulheres*, de Yukichi Fukuzawa[17], que começava com a citação do seguinte *senryu*[18]:

*"Distanciando-se
dois ou três* cho[19] *da casa,
lado a lado o casal caminha."*

E prosseguiu:
"Por exemplo, acontecem episódios bizarros como esse: os sogros consideravam um comportamento inconveniente e desavergonhado, um sinal de desobediência, se o genro sai em viagem e a nora chora lamentando a separação, ou se o genro cuida afetuosamente da nora adoentada."

As alunas caíram na gargalhada. Mas Onda não riu.

— Senhorita Onda, por que não está rindo? — perguntou Ginpei. Onda não respondeu. — A senhorita não achou engraçado?

— Não achei engraçado.

— Mesmo que não ache, já que todas as colegas acharam divertido e riram, poderia rir também, não é?

---

17. Yukichi Fukuzawa (1835-1901). Escritor, crítico, educador e teórico-político japonês. Fundador da Universidade Keio, de Tóquio. A obra citada, *Danjo Kosai Ron*, é de 1886.
18. Poema em estilo haicai, de conteúdo crítico, satírico ou cômico. Não contém termos que caracterizem uma estação do ano.
19. Um *cho* equivale a 109 metros.

— Não quero. Poderia rir junto com as outras, mas não vejo por que teria de rir. Só para me juntar a elas?
— É um argumento. — Ginpei assumiu uma expressão séria. — A senhorita Onda argumenta que não tinha graça. Vocês acharam engraçado?
A sala ficou em silêncio.
— Então não achou engraçado? Fukuzawa escreveu isto no 29º ano da Era Meiji. A senhorita leu agora, depois da Segunda Guerra, e não achou engraçado. Há aí um problema.
E de repente lançou uma pergunta maldosa:
— Alguém já viu a senhorita Onda rir?
— Sim. Eu já vi.
— Eu também vi.
— Ela ri muito.
As estudantes responderam alegres e rindo.

Mais tarde, Ginpei começou a pensar que Hisako Tamaki e Nobuko Onda se tornaram amigas íntimas talvez porque Hisako também ocultasse uma personalidade anormal. Hisako exalava uma atração mágica que fazia Ginpei segui-la, e esse elemento que ela mantinha oculto o acolhia quando a perseguia. A feminilidade da menina despertou como se ficasse eletrizada ao receber uma descarga. Quando Hisako se entregou, Ginpei sentiu um estremecimento ao pensar se a maioria das garotas seria como ela.

Para Ginpei, Hisako era algo como sua primeira mulher. Aqueles dias do curso colegial em que amara Hisako, apesar de serem professor e aluna, foram o período mais feliz de sua vida. A adoração que o pequeno Ginpei tinha por sua prima Yayoi, no interior, quando seu pai ainda estava vivo, não deixava de ser o primeiro amor inocente, mas ainda era muito infantil.

Mas Ginpei não esquecia o elogio que recebeu quando tinha dez anos, ou talvez onze pela contagem antiga, por ter sonhado com um pargo. Um dirigível flutuava sobre as ondas de cor densa e quase escura do mar de sua terra natal. Enquanto olhava o dirigível, percebeu que um pargo gigantesco saltou do mar. Além disso, o pargo ficava muito tempo suspenso no ar, imóvel. Não era um só. Aqui e ali, no meio das ondas, vários pargos saltavam alto.

— Oba! Que pargo enorme! — gritou Ginpei, e acordou.

— É um sonho auspicioso. É um sonho fantástico. Ginpei terá sucesso na vida — disseram.

No dia anterior, ele ganhara de Yayoi um livro ilustrado, no qual havia um desenho de um dirigível. Ginpei nunca vira um dirigível de verdade, embora naquela época esse veículo existisse. Com o tempo, foram desenvolvidos grandes aviões, e hoje não há mais dirigíveis. O sonho de Ginpei com um dirigível e os pargos já pertencia ao passado. Em vez de sucesso na vida, Ginpei interpretou seu sonho como uma predição de seu casamento com Yayoi. Ele não chegou a ter sucesso. Mesmo que não tivesse perdido o emprego de professor de japonês do curso colegial, não teria nenhuma chance de obter sucesso na vida. Não tinha forças para saltar alto das ondas humanas como aquele magnífico pargo do sonho, nem tinha força para se manter suspenso no ar acima das cabeças de pessoas. De qualquer modo, o acaso o levaria a afundar nas ondas da escuridão. Contudo, desde que acendeu o fogo secreto da paixão por Hisako, o período feliz foi curto e a queda foi rápida. Conforme Ginpei alertara Hisako, a acusação de Onda era grave, como se o segredo que vazara para ela tivesse se transformado num diabo vingador de força arrasadora.

Desde que isso aconteceu, Ginpei procurava não olhar para Hisako na aula, mas não podia evitar que seu olhar fosse parar sem querer onde Onda estava sentada. Ginpei chamou Onda num canto do pátio do colégio e intercalou súplicas para que mantivesse segredo e ameaças, mas o ódio que ela sentia por ele parecia muito mais calcado na vontade intuitiva de denunciar o crime do que no senso de justiça. Ginpei apelava à nobreza do amor, mas:

— O senhor é sórdido — disse Onda.

— Sórdida é você! Hisako lhe confiou um segredo, e não há nada mais sórdido do que contar esse segredo a outros. Está criando em seu ventre lesmas, escorpiões ou centopeias?

— Eu não contei para ninguém.

Entretanto, pouco depois, Onda enviou uma carta ao diretor do colégio e outra ao pai de Hisako. O remetente anônimo assinara "de Centopeia".

Ginpei passou a ter encontros secretos num lugar escolhido por Hisako. A casa que o pai dela comprara depois da guerra ficava numa área que antigamente era considerada subúrbio, mas sua mansão que havia ali antes da guerra, na parte alta de Tóquio, permanecia destruída por um incêndio e restava apenas o muro de concreto com uma parte desmoronada. Temendo os olhares curiosos, Hisako preferia se encontrar com Ginpei no interior desse muro. Nos terrenos incendiados desse bairro de mansões estavam sendo erguidas casas grandes e pequenas, e restavam poucas áreas com marcas de incêndio. Com isso, não havia mais o perigo e o ar lúgubre das ruínas, mas era um lugar esquecido dos olhares de estranhos. O capim crescido à vontade tinha uma altura suficiente para ocultar os dois. Hisako, que era ainda estudante do colegial, parecia se sentir segura por ser o lugar onde esteve sua própria casa.

Se era difícil para ela escrever cartas a Ginpei, ele, por seu lado, nunca podia lhe mandar cartas ou telefonar para a casa dela ou para o colégio, nem podia mandar recado por intermédio de outras pessoas, de modo que não havia meios de se comunicar com Hisako. Ginpei deixava algumas palavras escritas com giz na parte interna do muro de concreto do terreno baldio, e Hisako vinha olhar. Combinaram de escrever na parte inferior do alto muro, pois ficava escondida e não chamava a atenção de estranhos. Claro que não podiam escrever nada complicado. Quando muito, deixavam a data e a hora em que queriam se encontrar, mas, ainda assim, o muro servia como quadro secreto de recados. Por vezes, Ginpei ia lá para ler o recado deixado por Hisako. Quando ela queria marcar a hora do encontro, bastava lhe mandar uma carta expressa ou um telegrama; mas, quando era Ginpei quem o queria, era-lhe necessário deixar o dia e a hora com muita antecipação e esperar que Hisako confirmasse, deixando um sinal escrito no local. Ela estava sendo vigiada e quase nunca conseguia sair à noite.

No dia em que Ginpei estava num táxi e notou pela primeira vez o cor-de-rosa pálido e o tênue azul do céu, tinha sido chamado por Hisako. Ela o esperava junto ao muro, encolhida no capinzal. Ginpei observara uma vez para Hisako: "A julgar pela altura deste muro, seu pai parece ter sido antipático e cruel. Deve ter fixado no alto cacos de vidro ou pregos com pontas para cima." Das casas baixas recentemente construídas ao redor não se podia ver o interior do muro. Só havia uma casa de dois pisos, em estilo ocidental, mas não era alta, talvez por ser de um estilo moderno, e, mesmo que se avançasse o corpo da janela de seu segundo andar, cerca de um terço do terreno da casa de Hisako ficava fora do campo de visão. Sabendo disso, Hisako estava perto do muro. Não havia mais o portão de madeira, que fora destruído no incêndio; mas, como o terreno não estava à venda, dificilmente algum curioso entraria ali. Era possível ter um encontro secreto ali às três da tarde.

— Está voltando do colégio? — Ginpei pousou uma mão na cabeça de Hisako, se abaixou e aproximou o rosto, apertando as faces pálidas da garota com ambas as mãos.

— Professor, não temos tempo! Estão medindo o tempo que levo do colégio para casa.

— Eu sei.

— Eu disse que ia ficar para assistir a uma aula extracurricular sobre *Heike Monogatari*[20], mas minha família não deixou.

— Foi? Esperou muito? Não está com as pernas dormentes? — perguntou Ginpei, abraçando as pernas de Hisako. Encabulada com a claridade do dia, ela se escorregou do abraço dele.

---

20. *A história dos Heikes*, narrativa histórica de autor anônimo, provavelmente escrita entre 1219-43.

— Professor, era isto...?
— O que é? Dinheiro? Como conseguiu?
— Eu roubei para o senhor — disse Hisako, e seus olhos brilharam. — Tem 27 mil ienes.
— É dinheiro de seu pai?
— Encontrei nas coisas da mamãe.
— Eu não preciso disso. Coloque de volta onde estava, senão logo ela vai descobrir.
— Se eu for descoberta, toco fogo na casa.
— Não seja louca como *Yaoya Oshichi*...[21] Não pode tocar fogo numa casa que vale mais de 10 milhões por causa de 27 mil ienes.
— É dinheiro que minha mãe guarda escondido de meu pai, por isso ela não pode fazer rebuliço. Eu também só o roubei depois de pensar muito. Tenho mais medo de pôr de volta o que peguei. Com certeza vou tremer, e assim serei apanhada.

Não foi a primeira vez que Ginpei recebeu dinheiro roubado por Hisako. A ideia não partiu dele, mas da menina.

— Na verdade, consigo me sustentar de um ou outro modo. Tenho um amigo do tempo da universidade que é secretário do presidente de uma empresa. De vez em quando, ele me chama para escrever os textos de palestras desse presidente, o senhor Arita.
— Senhor Arita...? Como é o nome todo?

---

21. Título de uma peça de kabuki baseada em acontecimentos reais: uma garota de quinze anos, Oshichi, foi condenada à morte na fogueira por ter incendiado a casa para chamar a atenção do jovem por quem ela estava apaixonada, provocando um grande incêndio em Edo (nome antigo de Tóquio).

— Otoji Arita, é idoso.

— Oh! Então é o chefe da diretoria do novo colégio... Meu pai pediu para o senhor Arita e conseguiu que eu trocasse de colégio.

— Ah, foi?

— Então aquelas palestras do diretor-chefe foram escritas pelo professor Momoi? Não sabia.

— A vida é assim mesmo.

— É verdade. Quando nasce uma lua bonita, penso que o senhor também está olhando para ela, e quando cai uma tempestade penso em como estaria seu apartamento.

— Segundo o secretário, esse velho Arita sofre de uma estranha fobia. Ele me recomendou que evitasse no texto da palestra o uso de palavras como "esposa" e "casamento". Eu achava que seria natural o uso desses termos, já que era destinado a um colégio feminino. O diretor-chefe Arita não teve um ataque de fobia durante a palestra?

— Não, não reparei.

— Bem, pode ser. Na frente do público... — Ginpei balançava a cabeça consigo mesmo.

— Como seria o ataque de fobia?

— Há vários tipos. Pode acontecer conosco também. Quer que eu demonstre um ataque? — disse Ginpei, cerrando os olhos e procurando os seios de Hisako. Surgiu-lhe uma visão do campo de trigo de sua terra natal. Uma mulher montada num cavalo sem sela da casa de um lavrador passou pela estrada que ficava além do trigal. A mulher tinha uma toalhinha branca em volta do pescoço, amarrada na frente.

— Professor, pode apertar meu pescoço. Não quero voltar para casa — sussurrou Hisako com ardor. Ginpei se assustou ao se dar conta de que agarrava o pescoço dela com os dedos de uma das mãos. Juntou a outra mão e mediu o pescoço. Apertando a carne macia, as pontas dos dedos se tocaram. Ginpei introduziu o pacote de dinheiro na abertura da blusa de Hisako, que recuou o busto, encolhendo-se.

— Volte para casa e leve o dinheiro... Se continuarmos assim, um de nós dois acabará cometendo um crime. A senhorita Onda me acusou de criminoso, não foi? Não estava escrito na carta que quem carrega uma atmosfera tão sombria e que mente tanto só pode ter cometido muitas más ações no passado? Você tem se encontrado com ela?

— Não me encontro mais com ela. Nem chegam mais cartas. Não quero mais saber dela.

Ginpei se manteve calado por algum tempo. Hisako estendeu um *furoshiki* de náilon no chão. Isso fez com que ele sentisse mais o frio da terra. Tocou-lhe o cheiro de capim.

— Professor, me siga, venha novamente atrás de mim. Me siga sem eu notar. Na volta da escola, como da outra vez. O novo colégio é mais longe.

— E você vai fazer de conta que me reparou pela primeira vez na frente daquele portão imponente? E atrás do portão de ferro seu rosto ruborizado vai me fitar com raiva?

— Não. Vou convidá-lo para entrar. Minha casa é bem grande e não tem perigo de perceberem. Até no meu quarto tem lugar para escondê-lo.

Ginpei se encheu de um ardente prazer. Pouco depois, pôs o plano em prática. Porém, foi apanhado pelo pessoal da casa de Hisako.

Depois disso, os anos decorridos também contribuíram para distanciar Hisako de Ginpei. No entanto, mesmo naquela tarde em que foi empurrado ladeira abaixo pelo estudante — provável namorado da graciosa menina que passeava com um cão —, foi o nome dela que escapou pela boca. "Hisako, Hisako!", chamou tristonho, olhando o crepúsculo cor-de-rosa. Em seguida, voltou para o apartamento. O ombro e o cocuruto do joelho estavam roxos, pois o dique tinha o dobro de sua altura.

No entardecer do dia seguinte, Ginpei não conseguia conter a vontade de ir àquela ladeira que possuía uma aleia de ginkgo para ver a garota. Nenhum mal poderia cometer contra aquela menina cândida que não mostrava o menor interesse por ele, seu perseguidor. Ginpei pensava: era como se ele se lamentasse aos gansos selvagens que voavam no céu; era como se ficasse olhando o fluir do tempo no esplendor à sua frente. Do mesmo modo que Ginpei, que ignorava seu amanhã, aquela menina também não continuaria bela para sempre.

Mas Ginpei não poderia ficar rondando na ladeira da aleia de ginkgo, pois falara com o estudante na véspera e seria logo reconhecido. Muito menos na encosta do dique, que era o provável local onde o estudante esperaria a menina. Decidiu ficar escondido na vala entre a calçada onde estava a aleia e a antiga mansão da nobreza. Caso algum policial o descobrisse e viesse perguntar algo, diria que bebeu demais e tinha caído, ou foi empurrado por algum desordeiro e estava com as pernas e os quadris doloridos. Achando mais fácil apelar para a embriaguez, bebeu um pouco antes de sair de casa para que o hálito tivesse cheiro de saquê.

Desde o dia anterior, sabia que a vala era funda, mas ao descer notou que era mais larga do que profunda. Ambos os lados eram paredões de pedras imponentes, e o fundo também era feito de lajes de pedras. O capim crescia nas frestas entre as pedras, e folhas caídas no ano anterior apodreciam no fundo. Se ficasse colado na parede do lado da calçada não seria visto por quem viesse subindo a ladeira, que era reta. Escondendo-se ali por vinte ou trinta minutos, Ginpei foi assaltado por uma vontade de morder a pedra da parede. Notou uma violeta que nascera entre as pedras. Ginpei se arrastou até ali e abocanhou a flor, cortou o caule com os dentes e a engoliu. Foi difícil engolir. Controlou-se para não chorar.

Acompanhada de seu cão, a menina da véspera surgiu na base da ladeira. Ginpei ficou colado à parede, agarrando os cantos das pedras com os braços abertos, e foi levantando a cabeça com extremo cuidado. Achava que as pedras desmoronariam devido ao tremor das mãos; o peito palpitava tanto que batia nas protuberâncias da parede.

Ela vestia o mesmo suéter branco do dia anterior, mas, em vez de calças, estava com uma saia bordô e calçava bonitos sapatos. O branco e o bordô se destacavam do verde novo das árvores e vinham se aproximando. Quando a menina passou acima da cabeça de Ginpei, a mão dela estava bem à frente dos olhos dele. A alvura da tez crescia da mão branca para o punho, e dali para o cotovelo. Olhando de baixo o queixo imaculado da menina, Ginpei fechou os olhos.

— Lá está ele! — gemeu Ginpei.

O estudante da véspera esperava no alto do dique. Olhando do fundo da vala, que ficava no meio da ladeira, os dois se afastavam como se flutuassem no capim verde, pois Ginpei os via apenas dos joelhos para cima. Ginpei ficou esperando pela volta da menina até o dia escurecer, mas ela não passou pela ladeira. Provavelmente, o estudante contou sobre o homem suspeito da véspera e decidiram regressar por outro caminho.

Depois disso, Ginpei vagou muitas vezes pela ladeira dos ginkgos. Às vezes ficava um bom tempo deitado sobre o capim da encosta. Mas não viu a menina. Mesmo à noite, a visão da menina o atraia à ladeira. Não demorou muito e as folhas novas dos ginkgos se tornaram verdes, vigorosas e abundantes. A aleia iluminada pelo luar jogava as sombras no asfalto e projetava-se em negro, ameaçadoramente, sobre a cabeça de Ginpei. Ele se recordou do tempo de criança em sua terra natal, na região do mar do Japão, quando sentia um medo repentino do negrume do mar e voltava correndo para casa. Ouvindo miados de gatinhos no fundo da vala, ele parou e espiou. Não enxergou os gatinhos, mas percebeu um caixote. Parecia que algo se mexia ali dentro.

— É realmente um ótimo lugar para se abandonar gatinhos — murmurou Ginpei.

Alguém abandonara num caixote uma ninhada inteira de gatinhos recém-nascidos. Quantos seriam? Eles miavam;

ficariam desnutridos e morreriam. Imaginando o destino dos bichinhos como se fosse o dele, Ginpei continuou ouvindo os miados. Entretanto, desde aquele anoitecer, a menina nunca mais apareceu na ladeira.

Logo no início de junho, Ginpei leu num jornal que aconteceria um *hotarugari*[22] num fosso não muito distante da ladeira, naquele fosso onde se alugavam botes. A menina iria ao evento. Ginpei tinha certeza disso. Como ela passeava com o cão, sua casa não devia ser longe.

O lago da aldeia de sua mãe também era famoso pelos vaga-lumes. Ginpei fora levado por ela a um *hotarugari* e, antes de dormir, soltara dentro do mosquiteiro os vaga-lumes que tinha apanhado. Yayoi fez a mesma coisa. Os *fusuma* entre os aposentos contíguos de Yayoi e Ginpei estavam abertos. As crianças contavam o número de insetos nos mosquiteiros para ver quem tinha mais. Como os vaga-lumes estavam voando, era difícil contar.

— Você é desonesto, Gintchan. É sempre desonesto.
— Yayoi se levantou e sacudiu no ar o punho fechado.

Depois começou a bater no mosquiteiro, que se balançava, e os vaga-lumes que estavam ali pousados voaram. Mas, como o mosquiteiro não oferecia resistência, Yayoi se impacientou; e a cada vez que socava com o punho, os joelhos também pulavam para cima e para baixo. O *yukata* curto de mangas retas que ela usava se levantou até o meio das coxas. Assim, aos poucos, avançando para a frente, o

---

22. Caça aos vaga-lumes. Era um entretenimento de verão muito popular no Japão; mais tarde, tornou-se raro devido à escassez de vaga-lumes e ao respeito à natureza. O costume mudou para "apreciar", em vez de "caçar" os vaga-lumes.

mosquiteiro de Yayoi inchou de uma estranha forma para o lado de Ginpei. Ela parecia um monstro por trás do mosquiteiro verde.

— Agora você tem mais. Olhe para trás — disse Ginpei.

— Claro que tenho mais — respondeu Yayoi, virando-se para trás.

Devido ao balanço do mosquiteiro os vaga-lumes voavam, luzindo em seu interior, e assim aparentavam ser mais numerosos do que os de Ginpei.

Até agora ele se lembrava de que, naquela noite, Yayoi usava um *yukata* com uma estampa de grandes cruzes de contornos indefinidos. No entanto, o que teria acontecido com a mãe de Ginpei, que devia estar no mesmo mosquiteiro? Não dissera nada para Yayoi, que se agitava? E a mãe de Yayoi, que devia estar deitada com a filha, não a repreendera? O irmãozinho de Yayoi também devia estar ali. Ginpei não se recordava dos outros, só de Yayoi.

Mesmo nesses últimos tempos, Ginpei tinha às vezes uma visão de relâmpagos iluminando a noite no lago da terra de sua mãe. Cada relâmpago iluminava quase toda a superfície do lago e se apagava. Depois que o relâmpago se apagava, viam-se os vaga-lumes luzindo na margem. Era possível que esses vaga-lumes fossem uma continuação da visão, mas Ginpei tinha dúvidas. Talvez os tivesse acrescentado àquela imagem porque era comum a ocorrência de relâmpagos no verão, tempo de vaga-lumes. Por mais que Ginpei tivesse imaginação, não associava a visão de vaga-lumes com a alma de seu pai, que morrera no lago; todavia, não era nada agradável aquele instante em que o relâmpago se apagava no lago escuro. Toda vez que ele tinha uma visão de um relâmpago no lago — que, ao receber a luz provinda do céu noturno, subitamente se revelava —, estendido sobre a terra, imóvel, amplo e profundo, sentia um baque no coração como se escutasse o grito lastimoso do tempo ou de um espírito da natureza. Sabia que se toda a superfície do lago ficasse iluminada pelo relâmpago isso seria obra de uma ilusão, pois decerto não aconteceria na realidade. No entanto, sempre que fosse atingida pelo brilho de um enorme relâmpago, ele acharia que o raio instantâneo do céu iluminaria todo o universo ao seu redor. O mesmo acontecera quando ele tocou pela primeira vez Hisako, rígida e inexperiente.

Logo depois, Ginpei foi surpreendido por ela, que se tornara uma mulher ousada. Era algo semelhante a ser atingido por um relâmpago. Convidado por Hisako, foi à casa dela e conseguiu se introduzir em seu quarto.

— Realmente, é uma casa muito ampla. Depois, não vou saber sair.

— Eu o acompanho. Pode sair pela janela.

— Mas, no segundo andar? — Ginpei se mostrou receoso.

— Vamos fazer uma corda usando os *shigoki*.[23]

— E o cachorro? Não gosto de cachorro.

— Não temos cachorro.

Em vez de se preocupar com isso, Hisako fitou Ginpei com os olhos cintilantes e disse:

---

23. Faixa de seda usada pelas mulheres no quimono como um *obi* informal ou um adorno extra.

— Não poderei me casar com o senhor. Por isso, nem que fosse um só dia, queria que ficássemos juntos no meu quarto. Não quero ficar sempre à sombra do capim.

— O que acaba de dizer, "à sombra do capim", pode significar simplesmente isso, mas hoje o significado usual é "o outro mundo", embaixo do túmulo.

— Ah, sim? — Hisako parecia não prestar atenção.

— Agora que não sou mais professor de japonês, essas coisas não interessam mais...

No entanto, ao pensar que o fato de ter havido um professor como ele não podia ser ignorado, ao contrário, seria uma ameaça para o mundo, e sentindo-se oprimido pela ostentação do luxo do aposento em estilo ocidental, nunca imaginado por ele como o quarto de uma aluna sua, Ginpei foi ficando murcho como um criminoso em fuga. Não era o mesmo Ginpei que seguira Hisako desde o portão do novo colégio até a entrada dessa casa. Era certo que Hisako apenas fingia não perceber, e, além disso, tudo não passava de um jogo, um elaborado truque, pois ela já era uma mulher aprisionada por ele. Ginpei, porém, estava feliz pelo fato de Hisako ter arquitetado esse plano.

— Professor! — Hisako apertou a mão dele com força. — Está na hora do jantar. Espera por mim aqui?

Ginpei puxou-a para si e beijou-lhe a boca. Hisako queria um beijo demorado e entregou todo o peso de seu corpo aos braços de Ginpei. Sustentar Hisako animou-o um pouco.

— Enquanto isso, o que vai fazer?

— Hum!... Não tem álbuns de fotos?

— Não. Nem álbum nem cadernos de diário. Não há nada. — Hisako balançou a cabeça, levantando o olhar para Ginpei.

— Você nunca diz nada sobre sua infância — insistiu ele.

— Porque não tem graça nenhuma.

Ela saiu sem ao menos passar o lenço na boca. Com que expressão no rosto estaria agora na mesa da refeição com a família? Ginpei descobriu um pequeno lavatório atrás da cortina que escondia uma reentrância na parede e, com grande cautela, abriu a torneira, lavou as mãos cuidadosamente, lavou o rosto e bochechou. Sentiu vontade de lavar os pés disformes, mas não teve coragem de tirar as meias e meter os pés na pia onde Hisako lavava seu rosto. Mesmo que os lavasse, o aspecto dos pés não melhoraria, muito ao contrário, iria se renovar o reconhecimento da feiura.

Se Hisako não tivesse preparado e trazido os sanduíches para Ginpei, esse encontro secreto talvez não tivesse sido descoberto. Trazer até o jogo de café na bandeja de prata foi uma ousadia excessiva.

Batidas contínuas foram dadas na porta do quarto. Hisako teria tomado rapidamente a decisão de enfrentá-los; porém, perguntou como se repreendesse:

— Mamãe?

— Sim, sou eu.

— Estou com uma visita, mamãe. Por favor, não abra.

— Quem é?

— É o professor — disse Hisako, de modo resoluto, numa voz clara embora baixa.

No mesmo instante, Ginpei ficou em pé, ereto, como se tivesse sido atingido pelo fogo de uma louca felicidade.

Se tivesse uma pistola na mão, teria atirado em Hisako pelas costas. A bala atravessa o peito e atinge a mãe do outro lado da porta. Hisako tomba para perto de Ginpei; a mãe, para o outro lado. Como Hisako e sua mãe estão frente a frente, separadas pela porta, ambas caem para trás. Mas, enquanto tomba, Hisako dá um giro sobre si e abraça as pernas de Ginpei. O sangue que jorra do ferimento de Hisako escorre pelas pernas e molha o dorso dos pés de Ginpei; no mesmo instante, o couro grosso e escurecido dos pés dele se altera e eles ficam tal qual belas pétalas de rosa, as rugas do arco da planta dos pés se distendem, e a pele se torna lisa como uma *sakuragai*.[24] Lavados com o sangue quente de Hisako, os dedos compridos de macaco, murchos, nodosos e tortos, ganham formas bonitas como os dedos dos manequins. Súbito, ocorre-lhe que não poderia haver tanto sangue de Hisako, e então percebe que seu próprio sangue escorre do ferimento do peito dela. Sentindo como se tivesse sido envolvido por nuvens multicoloridas, sobre as quais o Amitabha aparece para receber a alma do morto, Ginpei estava para desfalecer. Contudo, essa alucinação de felicidade suprema foi coisa de um piscar de olhos.

— Por falar nisso, aquela pomada para o fungo dos pés que Hisako levou para o colégio estava misturada com o sangue dela.

Ao ouvir a voz do pai de Hisako, Ginpei se sobressaltou e tomou posição de combate. Era uma alucinação

---

24. Literalmente "concha-cereja". Concha bivalve de cor rósea, da espécie *Nitidotellina nitidula*.

auditiva, uma longa alucinação auditiva. Ao voltar a si, Ginpei viu que só Hisako estava no quarto, em pé, virada corajosamente para a porta, e o temor desapareceu. Nenhum som vinha de fora. Ginpei via a imagem da mãe trêmula perante o olhar firme da filha. Era a galinha depenada pelas bicadas dos pintinhos. O som daqueles passos dignos de compaixão se afastou. Hisako foi até a porta com uma passada firme e girou a chave. Com a mão na maçaneta, virou-se para Ginpei e se recostou na porta, sem forças; lágrimas escorriam por sua face.

Como era de se esperar, substituindo os passos da mãe, aproximaram-se os passos rudes do pai. Ele mexeu ruidosamente a maçaneta.

— Ei, abra! Hisako, abra a porta!
— Está bem. Vou falar com seu pai — disse Ginpei.
— Não!
— Por quê? Não há outro jeito.
— Não quero que o senhor veja meu pai!
— Não vou agredi-lo. Não carrego pistola nem nada.
— Não quero que o senhor o veja. Fuja pela janela, por favor!
— Pela janela...? Está bem. Meus pés são de macaco.
— De sapato é perigoso.
— Já tirei.

Hisako apanhou no guarda-roupa dois ou três *obiage*[25] e os amarrou para fazer uma corda. Do outro lado da porta, o pai estava cada vez mais enfurecido.

---

25. Tira de tecido de seda para sustentar o *obi* do quimono feminino. Serve também para enfeitar o quimono festivo.

— Um instante, vou abrir! Espere um pouco, por favor! Não vamos cometer suicídio duplo...

— O quê? Que absurdo o que ela está dizendo.

Teriam sido pegos de surpresa. Nenhum som vinha mais de fora do quarto.

Ginpei encostou rapidamente a ponta do nariz nos dedos de Hisako e desceu com facilidade para o jardim com a ajuda da corda de *obiage*. Lágrimas continuavam a escorrer pelo rosto de Hisako enquanto ela sustentava o peso dele, segurando, enrolada no punho, uma extremidade do *obiage* suspenso da janela. Ginpei ia lhe beijar os dedos, mas, como olhava para baixo com toda atenção, só conseguiu encostar a ponta do nariz. Na realidade, mesmo que Ginpei quisesse lhe beijar a face em agradecimento e para se despedir, por estar pendurado na janela não teria conseguido alcançá-la, pois Hisako se inclinava, escorando os joelhos na parede sob a janela e envergando o quanto possível o corpo para trás. Quando seus pés alcançaram o chão, Ginpei puxou duas vezes o *obiage*, conforme o combinado, cheio de emoção. No segundo puxão ele não sentiu resistência, e o *obiage* desceu em lento movimento sob a luminosidade da janela.

— Quê? É para mim? Obrigado!

Enquanto corria pelo jardim, Ginpei enrolava o *obiage* com habilidade, sacudindo o braço. Olhou rapidamente para trás e viu as silhuetas de Hisako e do pai na janela por onde ele escapara. O pai parecia não conseguir nem gritar. Ginpei transpôs com a facilidade de um macaco o portão de ferro decorado com um arabesco.

E agora, Hisako já estaria casada?

Depois daquela noite, Ginpei conseguiu se encontrar com Hisako apenas mais uma única vez. Ele continuou visitando com muita frequência aquele terreno baldio que pertencia à antiga casa de Hisako, que ela chamara de "sombra do capim", embora nunca o esperasse escondida em meio à relva, e nem ele nunca houvesse visto um recado dela na parte interna do muro de concreto. No entanto, Ginpei não desistiu de ir espiar o local de tempos em tempos, mesmo no inverno, depois que o capim secou e a neve o cobriu. Essa obstinação era algo espantoso, pois ele conseguiu se reencontrar com ela em meio ao capim novo da primavera, que voltou a crescer em suave verdor.

Hisako, entretanto, estava com Nobuko Onda. De início, o coração de Ginpei saltou de alegria ao pensar que Hisako também tivesse vindo de vez em quando à procura dele, e que o acaso os tivesse desencontrado. A surpresa estampada no rosto da menina, no entanto, revelava que ela não imaginara vê-lo ali, e Ginpei compreendeu que Hisako viera se encontrar com Onda. Com aquela delatora, nesse lugar onde outrora ocorreram os encontros secretos. Por que isso? Ginpei teria de tomar cuidado com o que dizer.

— Professor! — chamou Hisako, mas Onda a impediu. Por sua vez, Onda repetiu a mesma palavra com uma voz forte.

— Professor!

— Senhorita Tamaki, ainda mantém amizade com uma criatura como esta? — Ginpei indicou Onda com um movimento de queixo. As duas meninas estavam sentadas num *furoshiki* de náilon.

— Professor Momoi, hoje foi a formatura de Hisako — disse Onda num tom de quem faz uma declaração e fitando Ginpei com raiva.

— Ah! Formatura...? Então foi isso — disse ele sem querer.

— Professor, desde aquele dia eu não voltei mais ao colégio — disse Hisako em tom de súplica.

— Imagino.

Ginpei sentiu-se tocado no coração, mas, talvez incomodado com a presença de Onda, a palavra que lhe saiu era movida pela moral de ex-professor.

— E como conseguiu se formar?

— Claro que pôde se formar, por recomendação do diretor-chefe — respondeu Onda. Não poderia saber se foi malícia ou simpatia por Hisako.

— Você é inteligente, senhorita Onda, mas fique calada um pouco, está bem? — disse Ginpei e se dirigiu a Hisako. — O diretor-chefe fez o discurso de congratulação da formatura?

— Sim, fez.

— Eu não preparo mais a palestra do velho Arita. Percebeu diferenças no discurso de hoje, comparado com os anteriores?

— Foi curto.

— Do que vocês dois estão falando? Não tinham muito sobre o que conversar, mesmo se encontrando por acaso? — indagou Onda.

— Se você desaparecesse, teríamos muitas coisas para pôr em dia. Mas não queremos repetir o erro de contar para uma espiã. Se você tem assunto para tratar com a senhorita Tamaki, faça isso logo.

— Não sou espiã. Só tentei proteger Tamaki de um homem sórdido. Graças a minha carta de denúncia, ela se mudou para outro colégio, que acabou não frequentando, mas pelo menos escapou de suas garras, não foi? Tamaki é uma pessoa muito importante para mim. Não me importo com o que o senhor faça contra mim, eu lutarei contra o senhor. Estou certa de que Tamaki o odeia.

— Vejamos o que fazer de você. É melhor ir embora logo, senão pode se machucar.

— Não sairei do lado de Tamaki. Ela veio se encontrar comigo, peço que o senhor se retire.

— Por acaso é dama de companhia encarregada da segurança?

— Não foi isso que ela me pediu. O senhor é nojento.
— Onda virou o rosto e disse para a amiga: — Hisako, vamos embora. Diga a esta pessoa detestável um adeus para sempre com todo rancor e raiva.

— Ei! Você mesmo disse que eu teria muito o que conversar com a senhorita Tamaki, e ainda não terminamos de falar. Vá embora você! — disse Ginpei, passando a mão no topo da cabeça de Onda, demonstrando fazer pouco caso.

— Nojento! — Onda sacudiu a cabeça.

— Com certeza. E quando você lavou a cabeça? É melhor lavar antes que fique suja e mal cheirosa. Do jeito que está, homem algum vai querer acariciá-la — disse Ginpei para Onda, que rangia os dentes. — Ei, por que não vai embora? Sou um delinquente que não se importa de bater ou chutar mulheres.

— Sou uma moça que não se importa de apanhar ou ser chutada.

— Nesse caso... — Ginpei ia puxar Onda pelo punho e, voltando-se para Hisako, perguntou. — Posso?

Pareceu que Hisako anuiu com o olhar. Sentindo-se encorajado, Ginpei arrastou Onda.

— Pare! Pare! O que vai fazer? — Desequilibrando-se, Onda tentou morder a mão de Ginpei.

— Ora! Vai beijar a mão de um homem nojento?

— Vou morder! — gritou Onda, mas não mordeu.

Saindo pelo portão destruído pelo incêndio, Onda caminhou ereta, pois havia transeuntes. Ginpei, continuando a segurar o punho da menina, parou um táxi.

— Esta moça fugiu de casa. A família dela a espera na frente da estação Omori. Vá rápido, por favor. — Após contar essa mentira, empurrou-a, quase a abraçando, para dentro do carro; em seguida, tirou uma cédula de mil ienes do bolso e jogou para o motorista. O carro partiu.

Ginpei voltou para junto de Hisako.

— Inventei que ela tinha fugido de casa e a enfiei num táxi. Vai pelo menos até Omori. Isso me custou mil ienes.

— Por vingança, ela vai mandar uma carta para minha casa.

— "De Centopeia", hein?

— Mas pode ser que não faça nada. Ela quer ir para a universidade e veio aqui me propor um acordo. Pensa em ajudar nos meus estudos como professora particular e, em troca, meu pai pagaria para ela os custos da universidade. A família de Onda não tem recursos...

— Foi para tratar disso que se encontraram aqui?

— Sim. Desde o ano-novo ela me mandava cartas querendo se encontrar comigo, mas eu não queria que ela viesse a minha casa, por isso respondi que eu iria à formatura. Onda me esperou na saída, no portão do colégio. Mas eu tinha vontade de vir aqui mais uma vez.

— Perdi a conta de quantas vezes estive aqui depois daquele dia. Até mesmo quando havia neve acumulada...

Hisako assentiu, mostrando as graciosas covinhas nas bochechas. Quem a visse agora acreditaria que ela protagonizara aquele caso com Ginpei? Ele próprio não conseguia discernir as marcas de suas "garras".

— Eu imaginava que o senhor tivesse vindo — disse Hisako.

— Mesmo depois que a neve da cidade desapareceu, uma camada de neve se manteve aqui, já que o muro é alto... Além disso, parecia que quem limpava a neve da rua a jogava aqui para dentro. Dentro do portão formou-se uma colina de neve. E eu achei que também isso parecia representar um obstáculo para nosso amor. Dava-me a impressão de que havia um bebê soterrado sob o monte de neve.

Chocado com a própria fala estranha e delirante, Ginpei emudeceu, mas Hisako assentiu com seus olhos límpidos. Ele mudou logo de assunto.

— E vai para a universidade com a senhorita Onda? Que faculdade...?

— Acho sem graça uma mulher na universidade... — disse Hisako, sem mostrar interesse.

— Aquele *obiage*, lembra? Eu o guardo com muito carinho. Você me deu de recordação, não é?

— Eu o soltei quando senti que não havia mais peso — respondeu, com ar distraído.

— Foi muito repreendida por seu pai?

— Ele não me deixa sair de casa sozinha.

— Não sabia que você nem ia mais ao colégio. Se soubesse disso, eu podia ter aproveitado a escuridão da noite e entrado no seu quarto por aquela mesma janela.

— Muitas vezes, às altas horas da noite, eu ficava nessa janela olhando o jardim — disse ela, mas parecia que, nesses meses em que fora proibida de andar sozinha, ela voltara a ser uma menina inocente. Achando que perdera aquele "sexto sentido" de aprisionar Hisako, conhecendo sua psicologia oculta, Ginpei murchou. Não encontrava mais nem o impulso para dar o primeiro passo nem a oportunidade para tanto. Mas quando ele se sentou na metade do *furoshiki*, onde estivera Onda, Hisako não demonstrou nenhuma reação de evitá-lo. Usava um vestido novo azul-marinho com uma bela renda adornando a gola. Devia ser um vestido especial para a formatura. Talvez estivesse com alguma maquiagem da moda, que Ginpei não saberia discernir. Ele só sentiu um perfume tênue e quase imperceptível. Discretamente, pousou a mão no ombro de Hisako.

— Vamos embora para algum lugar! Vamos fugir para um lugar bem distante. Para as margens de um lago. O que acha?

— Professor! Eu tinha decidido não me encontrar mais com o senhor. Claro que estou feliz por tê-lo encontrado aqui hoje, mas, por favor, me deixe em paz!

Aquilo não foi dito num tom de desprezo, mas numa voz calma e em súplica.

— Se eu sentir uma vontade insuportável de me encontrar com o senhor, irei procurá-lo, custe o que custar!

— Estou afundando para o mais fundo deste mundo!
— Eu irei, mesmo que o professor estiver na passagem subterrânea da estação de Ueno.
— Vamos agora!
— Agora não!
— Por quê?
— Professor, eu fiquei muito machucada e ainda não me recuperei. Quando voltar a ter a mente sã e se ainda tiver saudade do senhor, irei à sua procura.
— Humm...

Ginpei sentiu um entorpecimento se espalhar pelo corpo, e até por seus pés.

— Entendi muito bem. É melhor não afundar no meu mundo. Tudo que foi trazido à tona por mim, procure confinar no fundo de algum local bem escondido. Se não fizer isso, vai acontecer alguma desgraça. Eu vou viver num mundo diferente do seu, e estarei a vida toda agradecido e sonhando com recordações suas.

— Por mim, se for possível, esquecerei o senhor.

— É melhor assim — disse com firmeza, mas seu coração doía, sentindo uma tristeza que o apunhalava. — Mas, hoje... — Sua voz tremia.

Inesperadamente, Hisako assentiu com a cabeça.

Dentro do táxi, no entanto, ela continuou muda. Decorrido algum tempo, ainda com as faces um pouco coradas, ela ficou recostada com a expressão de que nada tivesse acontecido e permaneceu com as pálpebras cerradas.

— Abra os olhos. Há um demônio à sua frente.

Ela abriu os olhos no mesmo instante, arregalando-os. Mas não procurava ver o demônio.

— Que tristeza — disse Ginpei, apertando os cílios de Hisako entre os lábios. — Lembra-se?

— Sim, eu me lembro. — O sussurro de Hisako soou vazio e perpassou os ouvidos de Ginpei.

Depois disso, Ginpei não se encontrou mais com Hisako. Algumas vezes, ele vagueou por aquele terreno baldio com sinais de incêndio. Um dia, encontrou o portão e as imediações cercadas por um tapume. O capim tinha sido cortado e o terreno planificado. Um ano e meio ou dois anos depois começaram as obras de construção. Não seria a residência do pai de Hisako, pois parecia ser uma casa pequena. O terreno fora vendido? Ginpei permaneceu ali, de pálpebras cerradas, ouvido o som produzido pela plaina de um exímio carpinteiro.

— Adeus — disse para a distante Hisako. Desejou que suas recordações de Hisako e daquele lugar contribuíssem para a felicidade dos habitantes da nova casa que estava sendo erguida. O som da plaina proporcionava uma agradável sensação em Ginpei.

Ele deixou de procurar a "sombra do capim", que passou a ser de propriedade alheia. Na verdade, Ginpei não tinha como saber que Hisako se casara e passaria a viver nessa nova casa.

4

Era espantosa a convicção de Ginpei de que "aquela garota" viria ao *hotarugari* no fosso onde se alugavam botes, pois o terceiro encontro com ela de fato aconteceu. Embora o evento se realizasse durante cinco noites, Ginpei acertou o dia em que Machie esteve presente. Não importaria o número de noites em que se realizaria o *hotarugari*, ele teria ido a todas; o evento, porém, já começara havia dois dias quando o jornal deu a notícia. Portanto, se a garota foi ao evento atraída pela notícia vespertina, não seria de todo espantoso que Ginpei tivesse intuído certo. Quando saiu de casa com o jornal enfiado no bolso, transbordava no coração de Ginpei a expectativa pelo momento de reencontrar a garota. Achando que as palavras eram insuficientes para descrever aqueles olhos amendoados e de longos cortes nas comissuras das pálpebras, ele repetia, enquanto caminhava, os gestos com o polegar e o indicador de ambas as mãos, desenhando a forma de vivos e inocentes peixinhos ao redor dos próprios olhos. Uma música de danças celestiais preenchia seus ouvidos.

— Na próxima concepção, renascerei um jovem de belos pés. A senhorita pode continuar como é hoje. Dançaremos juntos um balé, de branco — murmurou Ginpei, inflamado pela adoração. Ela vestia um costume branco de balé clássico. A saia rodada se abria e esvoaçava com o movimento.

"Que outra criatura tão bela existe neste mundo? Uma menina como ela só pode vir de boa família. E, mesmo assim, essa sua beleza irá, no máximo, até os dezesseis ou dezessete anos."

Assim pensava Ginpei. A plenitude da beleza daquela menina não duraria muito tempo. O botão prestes a desabrochar, com sua nobre fragrância, estava coberto pela poeira chamada vida estudantil das meninas de hoje. Ginpei se perguntava: "Como a beleza daquela menina teria sido lavada e purificada, surgindo como uma luz interior?"

"Os vaga-lumes serão soltos a partir das oito horas." Estava anunciado na casa que alugava os botes. Em junho, as noites de Tóquio escureciam por volta das sete e meia, e até esse horário Ginpei ia e voltava pela ponte sobre o fosso.

— As pessoas que esperam pelo bote, por favor, peguem o cartão numerado. — Com um megafone na mão, um homem repetia o aviso. A casa de botes estava movimentada, como se ela tivesse organizado o *hotarugari* para atrair clientes. Enquanto aguardava a soltura dos vaga-lumes, a multidão sobre a ponte, que não tinha o que fazer, assistia às pessoas que subiam ou desciam dos botes, ou olhava o deslocamento destes sobre a água. Ginpei, que esperava uma única garota, estava todo animado; nem os botes nem a multidão chamavam sua atenção.

Ele chegou a ir duas vezes até a ladeira com a aleia de ginkgo. Ocorreu-lhe a ideia de ficar escondido na vala, ou melhor, recordou aquele dia em que ficara escondido ali e se agachou por um momento, segurando as pedras do muro. Nesse início de noite, porém, havia transeuntes também ali. Ao ouvir passos, Ginpei desceu a ladeira às pressas. Notou que a esses passos se seguiam outros, mas não se voltou para olhar.

Chegando até o cruzamento ao pé da ladeira, contemplou a movimentação da multidão no *hotarugari*; além da ponte, as luzes da cidade clareavam o céu, que agora estava baixo, e os faróis dos carros oscilavam nas ruas. Apesar de estar com o coração palpitante pela aproximação do momento, Ginpei não teve coragem de dobrar para o lado do fosso e acabou atravessando o cruzamento. Era um bairro residencial de luxo. Os passos que vinham atrás dele seguiram em direção ao *hotarugari*. Porém, sentiu que o dono dos passos colara um papel em suas costas, e Ginpei tentou pegá-lo esticando o braço para trás. Era uma folha de papel preto com uma seta vermelha. A seta apontava a direção do *hotarugari*. Tentando se livrar do papel nas costas, Ginpei se debateu, mas a mão não alcançava. O braço começou doer e as articulações estalaram.

— Não consegue ir na direção que a seta aponta? Deixe que eu tiro para você.

Era uma voz suave de mulher. Ginpei olhou para trás. Não havia ninguém. Apenas vinham em sua direção pessoas do bairro residencial que iam ao *hotarugari*. Era uma voz feminina que vinha de um rádio. Parecia ser uma novela em que, obviamente, não foram ditas as palavras que Ginpei ouvira.

— Obrigado! — Ginpei levantou a mão para a voz imaginária e caminhou com passos leves. Achou que havia uns instantes de alívio permitidos para o ser humano.

Ao lado da ponte havia umas bancas que vendiam vaga-lumes. Cada um custava cinco ienes; e a cesta, quarenta. Não havia nenhum vaga-lume sobre o fosso. Ginpei atravessou a ponte e chegou até o centro. Só então percebeu uma grande cesta com vaga-lumes colocada sobre uma torre erguida no meio da água.

— Soltem! Soltem! Soltem logo!

Impacientes, algumas crianças gritavam. Pelo visto, no *hotarugari* desse lugar os vaga-lumes eram soltos de cima de uma torre.

Dois ou três homens estavam no alto da torre. Os botes se aglomeravam ao redor, formando um cerco de várias voltas. Tanto nos botes quanto no meio da multidão sobre a ponte ou nas margens do fosso, havia pessoas empunhando redes próprias para capturar insetos ou ramos de bambu com folhas. Alguns ostentavam cabos muito longos.

No final da ponte, avistavam-se também mais vendedores de vaga-lumes.

— Os vaga-lumes do outro lado são de Okayama, mas estes daqui são de Koshu. Os de lá são pequenos, miúdos. Nossos vaga-lumes são bem diferentes.

Ao ouvir o vendedor dizer isso, Ginpei se aproximou dele. Os vaga-lumes do homem custavam dez ienes cada, o dobro do preço ao outro lado da ponte. A cesta com sete insetos custava cem ienes.

— Ponha mais dez, bem graúdos — disse Ginpei, entregando duzentos ienes.

— Todos são graúdos. Além dos sete, quer mais dez?

Quando o vendedor de vaga-lumes enfiou o braço no saco de algodão enorme e úmido, via-se que no interior as luzes difusas pulsavam como a respiração, acendendo e apagando. Com as pontas dos dedos, pegou um ou dois vaga-lumes de cada vez e transferiu para a cestinha de forma cilíndrica. Apesar da pequena dimensão da cesta, não parecia a Ginpei que houvesse ali dezessete vaga-lumes. Ao suspendê-la na altura do rosto para observar, o vendedor assoprou com força. Os vaga-lumes luziram todos ao mesmo tempo, e Ginpei sentiu a saliva do homem no rosto.

— Precisa colocar mais dez, senão fica triste.

Enquanto o vendedor introduzia mais dez vaga-lumes na cesta, as crianças passaram a gritar mais alto e respingos de água atingiram Ginpei. Os vaga-lumes lançados da torre iam caindo sem forças, à semelhança dos fogos de artifício antes de se apagarem, até perto da superfície da água. Alguns conseguiram voar, descrevendo uma linha luminosa em horizontal, mas muitos foram apanhados por redes ou por ramos de bambu com folhas. Não passavam de dez vaga-lumes. A disputa gerava muita confusão, molhavam as redes e os ramos de bambu. Como as pessoas brandissem os ramos molhados, os pingos choviam sobre quem estava nas margens.

— Por causa do frio, os vaga-lumes deste ano não voam muito — comentava alguém. Parecia ser um evento anual.

Esperavam que soltassem outros em seguida, mas isso não acontecia.

— Continuaremos soltando vaga-lumes até às nove horas. — O anúncio vinha da margem oposta, da frente da casa de botes, mas os dois ou três homens do alto da torre não se mexiam. A multidão de espectadores aguardava em silêncio, e ouviam-se barulhos de remos batendo na água, indiferentes aos vaga-lumes.

— Seria bom que os soltassem logo.

— Não querem liberá-los. Se liberarem, vai acabar logo.

Era uma conversa de adultos. Para Ginpei, não faltavam vaga-lumes, pois carregava 27 em sua cestinha, e não querendo ser atingido de novo por respingos afastou-se da beira da água e foi se recostar numa árvore defronte ao posto policial. Longe do cinturão formado pelas pessoas, era mais fácil observar os movimentos sobre a ponte. Além disso, o rosto manso e pacífico do jovem policial do posto, que estava ao seu lado, sempre virado para o fosso com jeito quase inocente, proporcionava uma estranha tranquilidade a Ginpei. Ficando ali, não havia perigo de deixar passar aquela garota.

Pouco depois, os homens da torre soltaram vaga-lumes, dessa vez de modo contínuo. Mesmo que se diga "de modo contínuo", eram lançados apenas uns dez a cada vez, o que produzia um espaçamento conveniente, mas era difícil capturá-los; as ondas de rebuliço da multidão iam e vinham de forma cada vez mais crescente. Tanto Ginpei quanto o policial não conseguiam permanecer sossegados. Muitos vaga-lumes não conseguiam voar para longe e caíam descrevendo um trajeto em forma de ramos de salgueiro, mas um ou outro subia e desaparecia, e alguns deles vinham em direção à ponte. Era óbvio que todos na ponte, fossem idosos, jovens, homens ou mulheres, se comprimiam junto à balaustrada que ficava ao lado da torre. Ginpei caminhou por trás deles à procura da garota. No lado externo da balaustrada, crianças se postavam com suas redes. Era de se admirar que não caíssem na água.

Olhando os vaga-lumes esvoaçarem com suas frágeis luzes, os quais as pessoas tentavam capturar fazendo bastante rebuliço, Ginpei se recordava daqueles que vira no lago da aldeia de sua mãe.

— Ei! Tem um no cabelo!

Um homem de cima da ponte gritou para o bote embaixo da torre. A mocinha com o vaga-lume no cabelo não percebeu. O homem que estava no mesmo bote o apanhou.

Ginpei descobriu a garota.

Ela apoiava os braços na balaustrada da ponte e olhava para o fosso. Estava com um vestido branco de algodão. Atrás dela havia várias pessoas, umas atrás das outras, e ele só conseguiu entrever um lado da face e o ombro, mas tinha absoluta certeza de que era aquela garota. Ginpei deu dois ou três passos para trás para tomar fôlego, e, lentamente, voltou a se aproximar dela. A garota estava com a atenção voltada para a torre dos vaga-lumes e não havia risco de que olhasse para trás.

"Não deve ter vindo sozinha", pensou Ginpei. Porém, ao constatar a presença de um rapaz à esquerda da garota, sentiu uma pontada no peito. Era diferente daquele. Mesmo de costas podia perceber que não era aquele estudante que esperava no alto do dique a garota com o shiba, e que empurrara Ginpei encosta abaixo. Este vestia uma camisa branca, sem chapéu nem casaco, mas parecia ser estudante.

"Só se passaram dois meses desde aquela ocasião", pensou ele. A surpresa de Ginpei ao conhecer tão rápida mudança no coração da garota era semelhante à que sentiria se esmagasse uma flor por descuido. Comparado à paixão de Ginpei por ela, o amor da garota não teria sido breve demais? Só por terem vindo ao *hotarugari* juntos não significava que estivessem enamorados, mas Ginpei sentiu que devia ter havido algo grave entre a garota e aquele namorado.

Ginpei se postou entre a segunda e a terceira pessoa que estavam do lado dela e, segurando a balaustrada, aguçou o ouvido. Os vaga-lumes foram soltos mais uma vez.

— Gostaria de apanhar vaga-lumes e levar para Mizuno — disse a garota.

— Mas vaga-lumes são deprimentes. Não convém levar para um doente — ponderou o estudante.

— Ajudariam a distraí-lo quando não conseguisse dormir.

— É melancólico demais.

O estudante de dois meses atrás estava enfermo. Ginpei então se contentou em contemplar o perfil da garota, olhando de um ângulo um pouco posterior, pois se avançasse a cabeça além da balaustrada havia o perigo de ser notado por ela. Seu cabelo estava preso um pouco alto na cabeça, e as pontas pendiam em bela ondulação suave e uniforme. Ginpei recordou que, quando a vira na ladeira dos ginkgos, ela estava com o cabelo preso de um modo mais descuidado.

Sem iluminação, a ponte estava na penumbra, mas Ginpei pôde ver que o estudante ao lado dela tinha uma aparência mais delicada do que o outro. Deve ser um amigo, pensou.

— Quando for visitá-lo de novo vai contar a ele sobre o *hotarugari*?

— Sobre esta noite...? — perguntou o estudante, como se falasse consigo mesmo. — Quando visito Mizuno, ele fica feliz porque podemos conversar sobre você, Machie. Se eu disser que nós fomos ao *hotarugari*, ele vai imaginar que estava cheio de vaga-lumes riscando a noite.

— Ainda quero lhe mandar vaga-lumes.

O estudante não disse nada.

— Sinto-me triste porque não posso visitá-lo. Por favor, Mizuki, diga-lhe como estou me sentindo.

— Eu sempre digo. Mizuno também sabe disso.

— Naquela vez em que sua irmã nos levou para apreciar as cerejeiras à noite, ela me disse: "Você parece tão feliz, Machie." Mas eu não sou feliz!

— Ela se surpreenderia se ouvisse isso, sobre você se sentir infeliz.

— Que tal deixá-la surpresa?

— Hum.

Ele riu um pouco, mas disse como se fugisse da ideia:

— Eu também não encontrei mais minha irmã desde aquele dia. Eu preferiria deixá-la acreditar que há alguém feliz desde o berço.

Ginpei percebeu que este rapaz, Mizuki, também estava apaixonado por Machie. Pressentiu que, mesmo que Mizuno se restabelecesse da doença, o amor entre ele e Machie acabaria se rompendo.

Ginpei se afastou da balaustrada e se aproximou de Machie por trás, com extrema cautela. O tecido de algodão do vestido parecia espesso. Cuidadosamente, prendeu a cesta de vaga-lumes no cinto do vestido, aproveitando o arame em forma de gancho que tinha na cesta para que se pudesse pendurá-la. Machie não percebeu. Ginpei foi andando até a extremidade da ponte e parou para observar a cesta, que iluminava com um brilho vago os quadris de Machie.

O que ela faria ao perceber aquela cesta presa em seu cinto? Desde quando estava ali? Ginpei poderia ter retornado até a metade da ponte, misturando-se na multidão, para espiar o que aconteceria, pois não havia motivo para ficar assustado, como se fosse um criminoso que cortara com uma navalha a nádega de uma garota; no entanto, seus pés prosseguiram, deixando a ponte para trás. Graças a essa garota, Ginpei descobriu o lado frágil de seu ser. Não propriamente descobriu, mas talvez tivesse se reencontrado com essa sua fragilidade. Assentindo com a cabeça a esse pensamento, que mais se parecia com uma autodefesa, foi andando tristonho e cabisbaixo em direção à ladeira com a aleia de ginkgo.

— Que vaga-lume enorme!

Ginpei viu uma estrela no céu e pensou ser um vaga-lume, e não achou estranho. Ao contrário, repetiu com emoção:

— É um vaga-lume enorme!

Começou-se a ouvir um ruído de chuva nas folhas dos ginkgos da aleia. As gotas eram bem graúdas e muito esparsas. O ruído lembrava o som da queda de granizo meio derretido ou de pingos de chuva caindo do telhado. Era uma chuva que não costumava cair na região de baixada, mas o ruído seria ouvido em algum planalto por quem acampasse à noite entre árvores de folhas largas. Mesmo no planalto, era excessivo para ser o som produzido pela queda do orvalho noturno. Todavia, Ginpei nunca escalara montanhas altas, nem tivera a experiência de acampar no planalto; portanto, se buscasse a origem de sua alucinação auditiva, ela estaria, sem dúvida, nas margens do lago da aldeia natal de sua mãe.

— Aquela aldeia não fica exatamente numa altitude elevada. É a primeira vez que ouço o barulho de uma chuva como esta.

— Tenho certeza de que já o ouvi uma vez. Dentro de um bosque profundo... Talvez seja uma chuva prestes a cessar. É um ruído produzido mais pelas gotas da chuva acumuladas nas folhas das árvores do que pela chuva que cai do céu.

— Se você se molhasse nesta chuva, Yayoi, saberia que é bem fria.

— Sim. O namorado de Machie adoeceu porque deve ter ido acampar em algum planalto e apanhado uma chuva como esta. Ouço o ruído da chuva fantasma nesta aleia de ginkgo por causa do ressentimento do estudante Mizuno.

Ginpei falava consigo mesmo; como escutava o som da chuva que não chovia, tinha liberdade para fazer isso.

Naquela noite, na ponte, Ginpei soube o nome da garota. Caso um dos dois, Machie ou Ginpei, tivesse morrido um dia antes, ele nunca saberia o nome dela. Ginpei poderia considerar que foi uma sorte incrível só o fato de ter ouvido o nome Machie; então, por que razão estava se afastando da ponte, onde a garota se encontrava, e subia a ladeira com a certeza de que ela não estava ali? Isso porque no caminho, quando se dirigia ao fosso do *hotaru-gari*, Ginpei fora duas vezes até essa ladeira sem nenhum motivo especial. Depois de ter visto Machie, não tinha como deixar de passar por ali. O espectro da garota que ele deixara na ponte caminhava nessa aleia de ginkgo; ia visitar o namorado enfermo e carregava a cesta de vaga-lumes.

Ginpei fez aquilo só porque sentiu vontade de fazer, sem nenhum objetivo claro. Se refletisse mais tarde, porém, o impulso de prender a cesta de vaga-lumes no cinto da garota poderia ser atribuído ao sentimentalismo de tentar acender no corpo dela a luz do seu coração. Mas a garota desejava dar os vaga-lumes para o doente. Por isso, Ginpei poderia interpretar que lhe dera a cesta, discretamente, para que o desejo dela se realizasse.

Agora caía a chuva fantasma criada por sua alucinação sobre o espectro da garota, vestida de branco, que subia a ladeira da aleia de ginkgo para visitar seu namorado enfermo, levando a cesta de vaga-lumes pendurada no cinto.

— Hum, banal demais, mesmo que seja um fantasma! — disse Ginpei, zombando de si. Porém, se naquele momento Machie estivesse na ponte com Mizuki, ela estaria também ao lado de Ginpei nessa ladeira escura.

À sua frente estava a encosta do dique. Tentou escalá-la, mas sentiu cãibra numa perna e agarrou o capim, que estava um pouco úmido. Não doía tanto, mas subiu a encosta rastejando.

— Ei! — exclamou, ficando em pé.

Pelo lado avesso do chão por onde Ginpei rastejava, um bebê o acompanhava também rastejando. De modo semelhante ao do rastejar sobre um espelho, Ginpei quase pousou a mão sobre a palma da mão do bebê do outro lado da terra. Era a palma gelada de um morto. Confuso, Ginpei se lembrou de uma casa de prostituição de uma estação termal. O fundo da piscina de água quente era espelhado. Chegando ao alto da encosta, notou que era o local onde, no dia em que seguira Machie pela primeira vez, fora empurrado por Mizuno, o namorado.

— Imbecil! — Era este o lugar.

Machie contava para Mizuno que ela assistira nesse dique à passagem das bandeiras vermelhas no desfile do May Day na avenida dos bondes, lá adiante. Ginpei viu um bonde passar lentamente naquela avenida. As janelas iluminadas do bonde deslizaram entre as folhagens negras da aleia. Sem se mover, Ginpei continuou a olhá-lo. Sobre o dique não se ouvia o som da chuva criado por sua alucinação.

— Imbecil! — Com o grito, Ginpei rolou a ladeira. Quando ia bater no asfalto, segurou o capim da encosta com uma das mãos. Levantou-se e, cheirando o aroma de capim da mão, caminhou na estrada ao pé do dique. Não se livrava da sensação de que o bebê o seguia caminhando dentro da terra.

Desconhecer o paradeiro de uma criança sua, até mesmo se estaria viva ou morta, era uma das razões que faziam Ginpei se sentir inseguro na vida. Acreditava que se ela estivesse viva a reencontraria em algum momento. Entretanto, não se sabia se a criança era dele ou de outro homem.

Ao anoitecer de certo dia, um bebê foi deixado na porta da pensão onde morava Ginpei, na época um estudante.

Junto havia um bilhete: "É o bebê do senhor Ginpei."
A dona da casa ficou nervosa, mas Ginpei não entrou em pânico nem ficou muito embaraçado. Um estudante, que a qualquer momento seria convocado para a guerra, não tinha condições para criar um bebê abandonado que apareceu de repente. Além do mais, a mãe era uma prostituta.

— É só para me importunar, tia. Ela quer se vingar porque resolvi fugir.

— Senhor Momoi, o senhor fugiu? Porque ia ter um bebê?

— Não, não por isso.

— Então, por que fugiu?

Ele não respondeu.

— É só devolvê-lo — disse Ginpei, olhando o bebê no colo da dona da pensão. — Fique um pouco com ele, por favor. Vou chamar um parceiro.

— Parceiro? Parceiro em quê...? Senhor Momoi, não está pensando em fugir e deixar o bebê aqui, não é?

— Não quero ir sozinho devolver o bebê.

— Como? — Desconfiada, a dona seguiu Ginpei até o vestíbulo.

Ginpei convidou Nishimura, seu amigo de farra. Mas ele mesmo carregou o bebê. Era inevitável, pois a mulher que abandonara o bebê era sua parceira. Como o levava dentro do sobretudo com o botão de baixo fechado, Ginpei se sentiu apertado. No trem, a criança obviamente chorou, mas os passageiros sorriam com simpatia, já que o universitário estava com um aspecto engraçado. Meio encabulado, Ginpei assumiu uma atitude brincalhona e deixou sair a cabeça do bebê por entre as golas do sobretudo. Não havendo outro jeito a não ser continuar cabisbaixo, ficou olhando o tempo todo para a cabeça da criança.

Na época, Tóquio já sofrera o primeiro grande ataque aéreo e as cidades baixas foram arrasadas por grandes incêndios que sucederam o ataque. O bordel que eles frequentavam não ficava na zona de prostituição, onde havia uma casa ao lado da outra; assim, sem ser vistos, Ginpei e Nishimura deixaram o bebê na porta dos fundos desse bordel, situado numa ruela, e se puseram em uma "fuga excitante".

Ginpei e Nishimura foram cúmplices dessa fuga excitante. No tempo da guerra, estudantes sempre portavam *jikatabi*[26] ou sapatos de lona velhos e gastos, a fim de realizar trabalhos voluntários, e os abandonavam quando fugiam do bordel. Isso porque não tinham dinheiro para pagar, mas a fuga era excitante. Era uma sensação como a de escapar da própria vergonha. Enquanto executavam os trabalhos voluntários, em que desgastavam e sujavam os calçados, Ginpei e Nishimura trocavam olhares significativos. Divertiam-se, ao menos, pensando num local para abandonarem os velhos calçados.

Mesmo depois de terem fugido, a casa de prostituição mandava cartas, convidando-os. Não era só para reclamar o pagamento. Jovens, como Ginpei, que logo partiriam para guerra, não tinham necessidade de esconder o nome e o endereço, pois nem tinham um futuro. Os estudantes convocados que partiam para o front eram considerados heróis. A maioria das prostitutas oficializadas e mesmo as

---

26. Calçados de trabalhador, com polegar separado e sola de borracha.

não licenciadas, mas que tinham registro, era requisitada ou trabalhava como voluntária; portanto, a mulher com quem Ginpei se divertia devia ser uma prostituta clandestina. Naquela altura, até as normas e organizações dos bordéis estavam descuidadas e contagiadas por um sentimento humanitário fora do normal. Ginpei e seus colegas nem se preocupavam com suas parceiras, que viviam com medo da punição severa do tempo da guerra e se rebaixavam perante eles, de um modo diferente dos tempos de paz. Estariam eles com a moral tão decadente a ponto de acreditarem que as parceiras perdoavam a fuga excitante como uma aventura dos jovens? Foi assim que as fugas se repetiram por três, quatro vezes, e, por fim, depois da última fuga, não retornaram mais.

Já que o bebê fora deixado em uma casa situada numa ruela, poderia se dizer que houve mais uma última fuga. Era meados de março. No dia seguinte, porém, a neve que começou depois do meio-dia continuou e se acumulou ao cair da noite. Decerto não deixariam o bebê abandonado no fundo da ruela até que morresse congelado.

— Que sorte ter sido ontem à noite.

— É, foi sorte mesmo.

Para trocarem esses comentários, Ginpei foi, no meio da neve, até a pensão de Nishimura. Nenhuma notícia do bordel. E ele nunca mais soube do paradeiro do bebê.

Contudo, aquela casa na ruela, que Ginpei deixara de visitar fazia sete ou oito meses, desde a última fuga excitante, teria continuado com a mesma atividade de quando ele deixara o bebê? Quando ocorreu essa dúvida, Ginpei estava no front. Mesmo supondo que a casa continuasse como antes, a parceira de Ginpei, isto é, a mãe da criança, ainda estaria lá? Uma prostituta clandestina permaneceria no mesmo bordel depois de engravidar e dar à luz? Dar à luz contrariava a ordem normal da vida de prostituta. No entanto, naqueles dias em que viviam num estado de extrema tensão e dormência, e um sentimento humanitário anormal se impregnava nos corações, podia até ser que a própria casa de prostituição cuidasse dela no trabalho de parto. Mas isso dificilmente teria acontecido.

Não teria aquele bebê se tornado realmente uma criança abandonada depois de ser abandonado por ele?

Nishimura morreu na guerra. Ginpei retornou vivo e teve a ousadia de se tornar professor de colégio.

Andou vagando até cansar entre os escombros do incêndio do bairro onde antes existia o bordel.

— Ei, pare de brincadeira! — disse alto para si mesmo e se assustou com a própria voz.

Estava falando com aquela prostituta. A criança não era dela nem de Ginpei, ela pegara emprestado um bebê não desejado de alguma colega e abandonara na porta da pensão onde Ginpei morava. Parecia que ele a pegara no ato, ou correra atrás dela e a flagrara.

— Eu gostaria de perguntar para Nishimura se o bebê era parecido comigo, mas ele não está mais vivo — Ginpei continuou murmurando consigo mesmo.

A criança era uma menina, mas era estranho que os espectros do bebê que atormentavam Ginpei se parecessem tanto com um menino quanto com uma menina. E quase sempre estava morto. Quando estava lúcido, no entanto, Ginpei achava que a criança poderia estar viva.

Ele tinha uma vaga lembrança — quando teria sido aquilo? — de que uma criança batia com toda a força na testa dele com seu punho rechonchudo, e continuou batendo quando ele inclinou a cabeça para a frente. Aquilo também fora alucinação de Ginpei e na realidade nunca havia acontecido. Também não aconteceria no futuro, pois se ela estivesse viva já não seria mais uma criança como aquela.

Aquele espectro da criança que, dentro da terra, acompanhava Ginpei, que ia pela rua ao pé da encosta do dique na noite do *hotarugari*, também era ainda um bebê, mas seu sexo era indefinido. Embora fosse um bebê cujo sexo não se conseguia distinguir, parecia mais um monstro de face lisa.[27]

Murmurando "É menina, é menina", Ginpei apressou os passos e alcançou uma rua bem iluminada, cheia de lojas comerciais.

— Cigarro, por favor, cigarro.

Com a respiração ofegante, Ginpei parou em frente à segunda loja de uma esquina e chamou. Apareceu uma velhinha de cabelos brancos. Apesar da idade, era fácil distinguir-lhe o sexo. Ginpei se sentiu aliviado. Todavia, Machie desaparecera ao longe. Até para pensar que existia aquela garota neste mundo, era necessário algum tipo de esforço.

Com a sensação de vazio no coração, como se tivesse se esvaziado e se tornado leve, Ginpei se relembrou de sua terra natal, na qual não pensava havia muito tempo.

---

27. No original, *Nopperabo*. Figura popular de lendas de terror japonesas.

Recordava-se muito mais da bela mãe do que do pai, que morrera em circunstâncias estranhas. No entanto, ficara muito mais gravada em seu coração a feiura do pai do que a beleza da mãe. E, do mesmo modo, ele enxergava mais os próprios pés disformes do que os bonitos pés de Yayoi.

Quando Yayoi tentava colher na margem do lago os frutinhos silvestres vermelhos de um *gumi*[28], seu dedo mindinho foi picado por um espinho. Uma bolha de sangue apareceu. Lambendo o sangue do mindinho e levantando o olhar para Ginpei, ela o fitou com raiva.

— Por que não apanha *gumi* para mim, Ginpei? Seus pés de macaco são iguais aos de seu pai. Não é coisa do meu lado da família.

Com a raiva louca que ele sentia, teve vontade de enfiar os pés de Yayoi no meio dos espinhos, mas não teve coragem para tocá-los; então, arreganhou os dentes como se quisesse morder o punho da prima.

— Veja só! Cara de macaco! Iiiiih! — provocou Yayoi, arreganhando os dentes também.

Ginpei tinha certeza de que fora por causa de seus pés disformes como os dos animais que o bebê que estava dentro da terra da encosta do dique o seguira.

Ginpei não chegou a examinar os pés daquela criança abandonada. Não tinha a clara consciência de que realmente a criança fosse dele. Se os tivesse examinado e caso apresentassem forma semelhante à de seus pés, seria uma prova incontestável de que era sua filha. Assim Ginpei

---

28. Arbusto ou pequena árvore nativa do Japão (*Elaeagnus umbellata*), que no outono dá pequenos frutos comestíveis.

zombava de si e se flagelava, mas os pés do bebê, que ainda não tinham pisado este mundo, eram macios e graciosos. Eram como aqueles pezinhos das crianças que aparecem voando ao redor de Deus em quadros religiosos ocidentais. À medida que passassem a viver e a pisar pântanos lamacentos, rochas rústicas ou montanhas cobertas de agulhas, é que se tornariam como os pés de Ginpei.

— Mas se fosse um fantasma, aquele bebê não teria pés — murmurou. Perguntava-se o que tais fantasmas sem pés simbolizavam, e achou que houvesse muitos seres humanos semelhantes a ele desde os tempos antigos. Entretanto, seus próprios pés talvez não estivessem neste mundo e pisando a face da Terra.

Estendendo a palma da mão para cima e curvando os dedos, como se esperasse receber gemas vindas do céu, Ginpei vagou pela cidade iluminada. Ocorreu-lhe que a mais bela montanha do mundo não era alta e verdejante, mas sim uma montanha alta coberta de cinzas vulcânicas e rochas de lava. Quando tingida pelo sol matinal e do entardecer, mudaria de cores várias vezes. Ficaria cor-de--rosa e violeta ao mesmo tempo. Como acontece com a cor do céu, que se transforma no arrebol matinal e no crepúsculo. Ginpei precisava se revoltar contra ele próprio, que se apaixonara por Machie.

Lembrou-se das palavras proféticas de Hisako em sua declaração de amor ou de despedida: "Mesmo que o senhor estiver na passagem subterrânea da estação de Ueno, irei procurá-lo." Ginpei foi até a estação de Ueno para verificar o estado atual dessa passagem subterrânea. Não era de se surpreender que o local ficara desolado, ou melhor, mais sossegado; só se viam vagabundos com ar de quem estava acostumado ao local, deitados ou agachados, formando uma fileira num dos lados da passagem subterrânea. Alguns deles se acomodavam sobre uma esteira ou sobre um saco vazio de carvão feito de palha trançada, e junto à cabeceira havia uma grande cesta própria para se carregar nas costas, como fazem os catadores de papéis. Os que possuíam um embrulho grande de *furoshiki* deviam ser de melhor condição; enfim, tinham um aspecto de vagabundos comuns. Não demonstravam nenhum interesse pelos transeuntes. Não voltavam o rosto, nem levantavam o olhar. Tampouco notavam que eram vistos por outrem. Dormiam cedo, a ponto de causarem inveja por poderem dormir numa hora como aquela. Um casal jovem dormia pacificamente, a mulher fazendo de travesseiro os joelhos do homem, e este debruçado sobre as costas dela. Nem mesmo dentro do trem noturno seria fácil imitar esse casal, que dormia formando um círculo. Parecia um casal de passarinhos dormindo, cada um com a cabeça enfiada na plumagem do outro. Quando muito, teriam trinta anos. Achando curioso ver um casal, Ginpei parou para observá-los.

Os cheiros de *yakitori*[29] e *oden*[30] estavam misturados com o odor úmido do subsolo. Ginpei passou por entre a cortina *noren*[31], que parecia pender na abertura de um buraco de concreto, e tomou dois ou três copos de

---

29. Espetinho de carne e vísceras de galinha.
30. Prato típico popular, que consiste em legumes e diversos ingredientes cozidos num panelão.
31. Cortina curta, geralmente pendurada na entrada de estabelecimentos comerciais e de casas de comes e bebes.

shochu.[32] Notando uma saia florida atrás de suas pernas, levantou o *noren* e viu um prostituto ali parado.

Entreolharam-se, e o prostituto, sem nada dizer, dirigiu um olhar lascivo para Ginpei. Este fugiu. Não era uma fuga excitante.

Foi olhar a sala de espera da estação, que ficava em cima da passagem subterrânea, e percebeu que ela também estava impregnada do cheiro de vagabundos. Um funcionário da estação que se postava na entrada da sala disse a Ginpei: "Permita-me ver a passagem, por favor." Achou curioso que precisasse de passagem para entrar na sala de espera. No lado de fora, junto às paredes da sala, alguns homens com ar perdido aparentando serem vagabundos estavam recostados em pé ou de cócoras.

Ginpei deixou a estação e, refletindo sobre o gênero sexual do prostituto, acabou se perdendo nas ruelas pobres, quando deu de cara com uma mulher de botas de borracha, vestindo uma blusa branca suja e calças pretas desbotadas. Estava quase travestida de homem. A blusa parecia encolhida por lavagens, e ele não notava as elevações dos seios. Não havia maquiagem no rosto amarelo e queimado de sol. Ginpei olhou para trás. Quando se cruzaram, a mulher se mostrou insinuante, aproximou-se de Ginpei e veio em seu encalço. Nessa situação, Ginpei, que costumava seguir mulheres, sentia ter olhos nas costas. Mas até mesmo para os olhos verdadeiros, que de repente ganharam vivacidade, a razão por que a mulher o seguia era um mistério.

---

32. Aguardente de arroz.

Naquele dia em que seguira Hisako Tamaki pela primeira vez e fugira da frente do portão de ferro, Ginpei fora parar numa zona de diversões da proximidade e fora seguido por uma mulher de rua; mas, segundo ela, "Não foi exatamente assim, eu seguindo você". Entretanto, dessa vez essa moça não parecia uma prostituta. Nas suas botas de borracha havia barro seco, devia ser de alguns dias atrás e não foi limpo. E as botas eram velhas, esbranquiçadas e gastas. Que espécie de mulher seria essa, que andava de botas por Ueno quando nem era dia de chuva? Teria os pés deficientes? Seriam disformes? Usava calças por causa disso? Ginpei se lembrou dos próprios pés disformes, achou que uns pés ainda mais feios do que os seus o perseguiam e tentou deixar a mulher ultrapassá-lo. Mas ela também parou. O olhar indagador de ambos colidiu no ar.

— Quer algo de mim, senhor? — perguntou a mulher.

— É o que eu ia perguntar. Foi a senhora que me seguiu.

— O senhor me fez sinal com os olhos.

— Quem fez sinal foi a senhora — rebateu Ginpei, pensando se, quando passou pela mulher, teria feito algum gesto que pudesse ser interpretado como um sinal para ela, mas não havia dúvida de que fora ela quem agira de modo insinuante.

— Eu só lhe dei uma rápida olhada porque está com uma aparência curiosa para uma mulher.

— Não tem nada de curiosa, viu? — disse ele, e depois continuou: — Então, quer dizer que se alguém lhe faz sinal com os olhos a senhora vai atrás?

— É que o senhor me deixou intrigada.
— Quem é a senhora?
— Não sou ninguém.
— Deve ter me seguido por alguma razão...
— Não o segui; digamos que vim andando atrás.
— Ah, é? — Ele reexaminou a mulher. Os lábios sem batom eram escuros e embotados, e deixavam entrever uns dentes capeados de ouro. Era difícil definir sua idade, mas teria menos de quarenta. O brilho do fundo dos olhos de pálpebras lisas era seco e aguçado como o de um homem. Parecia prestes a dar um bote na vítima. Além de tudo, um dos olhos era mais estreito que o outro. O couro da face bronzeada estava enrijecido. Ginpei sentiu um perigo iminente.

— Bem, vamos, então. — Ao dizer isso, ele levantou a mão e tocou de leve o peito dela. Não havia dúvida que era mulher.

— O que é isso! — Ela agarrou a mão de Ginpei. A mão dela era macia. Não era uma mão acostumada ao trabalho pesado.

Essa foi a primeira vez que Ginpei examinou uma pessoa para ver se era mulher ou não. Sabia antes que se tratava de mulher, mas o fato de ter se certificado com a própria mão o deixou mais tranquilo. Sentiu até simpatia por ela.

— Vamos — tornou a dizer.
— Vamos aonde?
— Não há um barzinho descontraído por aqui?

Para procurar uma casa em que pudesse entrar com uma mulher vestida de modo esquisito, Ginpei retrocedeu para as ruas bem iluminadas. Entrou numa casa de *oden*. A mulher o seguiu. Havia assentos no balcão, o qual cercava os três lados de uma grande panela de *oden*, e umas mesas afastadas. Como muitos clientes ocupavam os assentos do balcão, Ginpei sentou-se à mesa perto da entrada. Por baixo do *noren* da entrada aberta era possível avistar, do tórax para baixo, as pessoas que transitavam na rua.

— Saquê ou cerveja? — perguntou ele.

Ginpei não tinha nenhuma intenção de se envolver com essa mulher de estrutura quase máscula. Agora que já sabia que ela não oferecia perigo, não ter essa intenção o descontraiu. Se beberiam saquê ou cerveja, deixou a mulher escolher.

— Quero saquê — respondeu ela.

Além de *oden*, a casa servia alguns pratos simples, informavam os cartões fixados na parede. Ginpei deixou a mulher escolher também os pratos para os dois. Pelo modo descarado da mulher, Ginpei imaginou que ela talvez fosse aliciadora de fregueses para alguma casa duvidosa. Se fosse isso, era compreensível. Mas não comentou. Quem sabe a mulher não tivesse atacado Ginpei pensando que ele fosse um pouco perigoso, ou talvez procurou se aproximar dele por sentir alguma simpatia. De qualquer modo, a mulher também parecia ter desistido da intenção inicial.

— Nossos dias são estranhos, não é? Não se pode prever o que vai acontecer. Por exemplo, estou bebendo aqui com a senhora, uma total desconhecida.

— É mesmo. Somos totalmente desconhecidos — disse a mulher, apenas para animar mais o ato de bebericar o saquê.

— Vou terminar o dia de hoje bebendo com a senhora — tornou Ginpei.

— Vamos, sim.
— E daqui vai embora para casa?
— Vou. Uma criança me espera.
— Tem filho?

A mulher bebia sem parar. Ginpei só ficou olhando-a beber.

Naquela noite, ele vira aquela garota no *hotarugari*, fora perseguido na encosta do dique pelo espectro de um bebê, fruto de sua alucinação, e agora estava bebendo com essa mulher que encontrara por acaso. Era quase impossível acreditar que tudo isso acontecera numa só noite. E o mais inacreditável era o fato de a mulher ser feia. O importante para ele nesse momento era aceitar que a bela Machie, que vira no *hotarugari*, era algo entre o sonho e a realidade, e estar com uma mulher feia num bar barato era a realidade; no entanto, Ginpei achava que estava bebendo com essa mulher real a fim de ir em busca da garota de sua fantasia. Quanto mais feia fosse esta mulher, melhor. Graças a isso, Ginpei estava quase visualizando o semblante de Machie.

— Por que está de botas de borracha?
— Quando saí de casa, achei que fosse chover. — A resposta dela foi clara. Ginpei sentiu-se tentado a olhar dentro das botas e ver os pés da mulher. Se fossem feios, ela seria uma parceira ainda mais conveniente.

À medida que a mulher bebia, sua feiura aumentava. Tinha olhos desiguais, e o menor tornou-se ainda mais estreito. Com esse olho menor olhou para Ginpei de soslaio, e seus ombros vacilaram. Ginpei segurou os ombros da mulher, mas ela não se esquivou. Sentiu que lhe agarrava os ossos.

— Não pode ficar assim tão magra!
— Não tenho como evitar. Crio sozinha minha filha.
Contou que alugava um quarto num bairro pobre e vivia com a filha. A menina tinha treze anos e frequentava a escola ginasial. Disse que o marido morrera na guerra. Ginpei não acreditou em tudo, mas o fato de ela ter uma filha parecia ser verdade.

— Acompanho a senhora até seu quarto — repetia Ginpei, e a mulher concordava com a cabeça; mas, por fim, ela disse com uma expressão séria:

— Não pode ir à minha casa. Minha filha está lá.

Ginpei e a mulher estavam sentados lado a lado, virados para o cozinheiro que atendia ao balcão; a partir de certo momento, porém, a mulher, que estava virada para Ginpei, encostou-se nele quase desfalecida. Tudo indicava que ela pretendia se entregar. Ginpei caiu na melancolia, como se tivesse alcançado o fim do mundo. Não era uma tragédia assim tão grave, mas sentia-se dessa forma por ser a noite em que vira Machie.

A mulher bebia com modos grosseiros. Todas as vezes que pedia uma nova garrafinha de saquê quente, sondava o humor de Ginpei.

— Beba mais uma — disse Ginpei, por fim.

— Acho que não consigo caminhar. Posso? — Ela apoiou a mão no colo dele e disse: — Então só mais uma. Pode pôr no copo.

O saquê escorria de um jeito desleixado dos cantos dos lábios da mulher e pingou na mesa. O rosto bronzeado se tornou vermelho escuro e, em seguida, ficou roxo.

Quando saíram da casa de *oden*, ela se apoiou no braço de Ginpei para andar. Ele lhe agarrou o punho. Inesperadamente, a carne era macia. Depararam-se com uma mocinha vendedora de flores.

— Compre umas flores para mim. Quero levar para minha filha.

No entanto, logo em seguida, numa esquina escura, ela deixou o buquê numa banca de macarrão chinês.

— O senhor pode guardar para mim? Virei buscar logo.

Assim que deixou o buquê, a embriaguez da mulher ficou mais evidente.

— Passei anos sem ter contato com homem nenhum. Mas é azar! Nós nos encontramos e ponto final, não é?

— Pois é. Digamos que formamos um belo par. Que se pode fazer? — concordava Ginpei com muita relutância, mas o fato de caminhar enroscado com ela só aumentava a repugnância por si mesmo. Somente o impulsionava a tentação de olhar dentro das botas e ver os pés da mulher. Contudo, ele já quase os enxergava. Decerto os dedos dos pés da mulher não seriam como os dele, semelhantes aos dos macacos, mas disformes, e estariam cobertos por um couro grosso e escuro. Ginpei sentiu náusea só de imaginar a cena em que os dois estirariam os pés desnudos.

Sem saber para onde a mulher se dirigia, Ginpei deixou que ela o conduzisse por algum tempo. Entraram num bairro pobre e pararam em frente ao pequeno santuário Inari. Ao lado, havia um hotel barato para encontros. A mulher hesitou. Ginpei se desembaraçou do braço dela, e ela desmoronou na beira da rua.

— Sua filha está esperando a senhora, não é? Vá logo para casa! — disse Ginpei e se afastou.

— Que ódio! Que ódio! — Aos gritos, a mulher atirava as pedrinhas que havia no chão em frente ao santuário. Uma pedrinha acertou o tornozelo de Ginpei.

— Ai!

Ginpei caminhou mancando de uma perna, sentindo-se um miserável. Por que não voltara direto para casa depois de prender a cesta de vaga-lumes na cintura de Machie? Quando voltou para o segundo andar da casa que alugava, tirou a meia e notou que o tornozelo havia ficado vermelho.

ESTE LIVRO FOI COMPOSTO EM GATINEAU
CORPO 11 POR 15 E IMPRESSO SOBRE PAPEL
AVENA 80 g/m² NAS OFICINAS DA MUNDIAL
GRÁFICA, SÃO PAULO – SP, EM JULHO DE 2023